내돈 내산 내집

월세부터 자가까지

39세 월급쟁이의
✧ 내 집 득템기

내돈

내산

내집

열쇠 증정

흐름출판

브런치북 9회
대상 수상작

우리에게는
집이 필요하다

밤잠을 줄이며 공부하고, 그렇게 수능을 치르고, 4년간 다시 학점의 노예가 되어 졸업하면 취업이라는 빅 미션이 우리를 기다리고 있다. 취업에 성공한다고 해도 쥐꼬리만 한 월급에 저축은 가당치도 않다. 학교나 직장을 구한 곳이 본가와 같은 지역이라는 행운을 가진 일부를 제외하고, 꽤 많은 사람이 집을 떠나 자취를 하며 학교에 다니고 직장 생활을 한다. 학생 때는 주머니 사정이 좋지 않은 학생들을 배려하는 각종 할인 혜택이나 시설을 이용하며 사회생활의 부담을 줄일 수 있지만, 졸업하는 순간 이야기가 달라진다. (무사히 취업에 성공했다는 전제하에) 직장 생활을 하며 부모님께 경제적 지원을 요구하는 것이 부끄러운 일이라는 생각이 들면서부터 문제는 시작된다. 그리고 자신의 지출을 되새겨 보고 있자면, 월세가 지출에서 차지하는 비중이 얼마나 큰지 깨닫게 된다.

주거 안정. 인간이 추구해야 할 가장 기본적인 권리 중 하나이다. 그러나 대한민국 인구의 절반이 모여 있는 수도권, 특히 대부분의 사람들이 첫 직장으로 진입을 시도하는 서울에서의 생활은 녹록지 않다.

곰팡이는 없어야 하고, 햇빛은 충분해야 하고, 수압이 잘 유지되어야 하고, 침대와 빨래 건조대를 놓아도 답답함을 느끼지 않을 공간을 확보하려면 최소한 월세 50만 원의 지출은 각오해야 한다. 여름에 시원하고 겨울에 따뜻한 것까지는 바라지도 않는다. 평지에 지하철과 도보 10분 이내의 거리에서 살려면 월세와 보증금 중 하나는 포기해야 한다. 어둑한 골목으로 들어가지 않고 CCTV 같은 안전시설까지 설치된 곳에 살기 위해선 다른 조건이 그대로여도 관리비라도 올라가는 상황을 맞이하게 된다. 이렇게 겨우 웬만한 집을 골라 들어갔는데 진상 이웃이라도 만나면 당장 이사하고 싶어진다. 하지만 이미 계약했고, 비용을 들여서 이사했다. 섣불리 집을 나가는 것은 쉽지 않다.

그렇다. 우리는 그 무엇보다 주거 안정이 소중한 세상에 살고 있다. 주거 안정은 이 시대에 한 인간이 살아가는 데 절대적인 요건이다. 한국, 특히 서울에서는 자기만의 집이 있어야 한다. 월세와 전세를 거쳐 그 끝에는 자가 매수가 있다.

이 글은 경제적인 여유가 있는 이들을 위한 글이 아니다. 취업에 성공하고 학자금대출과 원룸 월세에 시달리는 이들에게 월세 생활에서 자가 매수까지의 궤적을 보여주고자 한다. 혼자서 월세에 살다가 결혼을 하고 아이가 생기기까지 필요한 공간의 상황과 경제적 여건은 끊임없이 변화했다. 서른넷의 나이였으나 경제적 상황은 취업 준비생 혹은 신입 사원 수준만도 못했던 사람이 어떻게 주거 안정을 향해 달려갔는지 보여주는 글이다.

차례

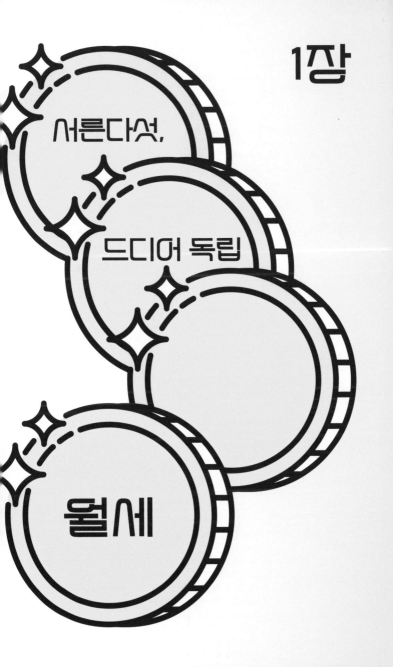

1장

서른다섯,

드디어 독립

월세

월급이 많아야 돈을 모을 수 있는 것이란 착각

2003.5.

대학생 때 나의 꿈은 매우 확고했다. 공연기획자가 되는 것이었다. 경영학과에서 200명이나 되는 동기 중에 그런 허황된 꿈을 꾸는 이는 나 하나였다. 다들 마케팅 디렉터나 CPA(공인회계사)가 되거나 재무 혹은 금융 분야의 전문가가 되기를 희망했다. IT 쪽 진출을 희망하는 친구들도 있었고, 원래는 법대를 원했지만 성적이 되지 않아 경영학과에 왔다며 법대 수업을 병행해서 듣는 친구도 있었다. 그게 무엇이든 공연기획과는 삼만 광년쯤 떨어져 있는 선택이었다. 공연이라니.

평소 스포츠 경기에는 관심이 없었던 나였지만 올림픽만큼은 반가웠다. 좋아하는 스포츠들이 비인기 종목이라 올림픽이 아니면 중계를 볼 일이 없었기 때문이다. 이때 즐겨 보았던 종목이 피겨스케이팅, 싱크로나이즈드스위밍, 다이빙, 기계체조, 리듬체조였다. 다이빙을 제외하고는 예술성 점수가 있는 스포츠라는 것이 느껴지는가.

이미 싹수가 노랬다. 공연을 좋아할 수밖에 없는 취향이었던 것. 엄마에게 용돈을 받아 보았던 첫 번째 공연은 성남시민회관에서 하는 〈보물섬〉이었다. 내용은 가물가물하지만 그 공연을 직접 돈 주고 보았던 것만은 또렷하게 기억한다. 당시 너무나도 갖고 싶었던 미미 인형이 8천 원이었는데 그건 몇 달을 졸라도 거절당했지만, 공연 관람은 허락해 주셨다. 그래도 공연은 아이에게 좋을 것이라는 믿음이 엄마에게 있었던 것 같다. TV에서 뮤지컬 〈피터 팬〉이나 발레 〈호두까기 인형〉을 방영하면 조용히 앉아서 그걸 봤던 기억도 난다. 그리고 우리 집에선 그런 나를 말리지 않았다. 만화영화를 보는 쪽보다는 더 나은 선택이라고 생각했을 것이다. 그 길을 내 생업으로 삼을 줄 알았다면 아마도 말리셨겠지.

절대적인 시간을 투자해서 돈을 벌어본 게 언제였던지 가만히 떠올려 보면 1999년 여름이었던 것 같다. 서울 종로구 원남동의 어느 작은 오디오 장치 판매 업체에 들어가서 여름방학 두 달간 일하고 120만 원을 받았다. 그 돈을 어디에 썼는지는 기억이 나지 않지만 매일 아침 9시까지 원남동에 출근했고 사무실에서 화분에 물을 주고, 손님용 테이블을 닦고, 세금계산서를 발행하고, 서너 명쯤 되는 회사 사람들의 식사를 주문했다. 세금계산서도 수기로 발행하고, 이걸 어떻게 활용하는지는 하나도 개념이 없었던 그 시절 나의 유일한 무기는 성실함이었다. 지각은 한 번도 한 적이 없고, 그곳은 인원이 적은 데다 다 40~50대 중년 아저씨들밖에 없던 사무실이었지만 잡스럽게 지분거리는 이도 없었다. 여름이라 유독 다들 콩국수를 좋아했고, 청국장도 종종 배달했던 기억이 난다. 그 근처에서 먹었던 칼국수의 맛이 가끔 생각났고 지난해 드디어 다시 가서 먹어보았다. 사람이 꽤 많았고, 그 맛도 그대로였다.

　나의 경제활동은 거기서 멈췄다. 결국 아르바이트라는 명목으로 나의 시간을 쓰는 것을 허락받지 못한 것이다. 어설프게 시간을 쓰고 돈 버는 것보다는 공부 열심히 해서 장학금을 받는 게 남는 장사라는 엄마의 말에 흔들려서는 아니었다. 괜한 분란을 일으키기 싫었던 데다 엄마의 반대를 뚫고 뭔가를 해야 할 만큼 절실하지도 않았다. 그때 벌었던 그 돈은 어디로 갔을까? 돈이란 것은 버는 목적이 분명하지 않으면 맥락 없이 사라진다는 것을 뒤늦게 깨달았다는 정도가 그 시절의 교훈이었다.

대학을 졸업하고 모두가 말리고 또 말리는 공연계에 굳이 발을 내디뎠다. 나의 첫 직장은 한 달 급여로 90만 원을 주는 곳이었다. 금액의 많고 적음은 중요한 문제가 아니었다. 나는 아무런 연고나 인맥이 없는 상황에서 내가 일을 시작할 수 있다는 사실에 만족하고 있었다. 1년이 지나고 나의 통장 잔고는 '0원'이었다. 부모님께 재정 관리를 맡기고 용돈을 받기로 했었는데, 차곡차곡 적금으로 쌓여 있을 거라는 나의 예상과는 달리 곤궁한 가게 형편에 요긴하게 활용된 상태였다. 그 당시 부모님은 나의 학자금대출을 갚고 계셨으니 아마도 그 돈은 그렇게 쓰였으리라. '남들은 돈 벌어서 부모님 해외여행도 보내드리고, 생활비도 낸다는데 나는 아무 생각 없이 살았구나'라는 생각이 들었다. 하지만 막연하게 돈이 모였을 거라는 기대감이 사라진 것은 꽤나 충격적이면서도 슬픈 일이었다. 이후에도 나의 페이는 여전히 비루했고, 나는 부모님과 함께 살았고, 이렇다 할 생활비를 드리지도 못하고 있었다. 예전과 차이가 있다면 더 이상 부모님께 돈을 받지 않는 삶을 이어 간다는 정도였다. 연극 일을 하면, 공연 일을 하면 다 나처럼 사는 줄 알았다. 그 와중에 월세까지 내는 사람들은 대체 얼마나 대단한 사람들인가 생각했다. 하지만 그 또한 나의 착각이었다.

4년 차쯤 되었던 때였을 것이다. 같은 업계에서 일하는 한 살 많은 선배가 1년간 해외로 어학연수를 간다는 이야기를 들었다. 그러려면 최소한 1년에 2천만 원이 든다고 들었는데, 그럼 선배는 그 돈을 어찌 해결했느냐 물었다. 그의 대답은 충격적이었다.

"당연히 내가 모았지."

똑같이 4년제 대학을 나와서 똑같이 공연 일을 하고 살아왔는데, 그래봐야 나보다 1년 먼저 일한 것뿐인 선배는 무려 2천만 원을 모았다. 나는 수중에 대체 얼마가 있는가. 한 푼도 없었다. 알토란같이 모은 400만 원을 유럽 한 달 여행으로 털어 넣고 난 직후였다. 똑같이 낮은 페이를 받고 일했고, 일한 기간도 크게 다르지 않고, 똑같이 술을 먹고 놀았던 것 같은데 그와 나는 그렇게 달랐다. 선배 역시 나처럼 부모님 집에 기거했으니 아마도 상황은 비슷했으리라. 고작 1년이 1600만 원의 차이를 가져왔을 것이라 생각하지 않았다. 어떻게 돈을 모았을까? 한동안

2천만 원이라는 돈이 머릿속에서 떠나지 않았다.

그렇게 몇 년이 흘러, 대략 10년 차를 훌쩍 넘겼을 어느 날. 함께 일하던 다른 선배가 일을 그만둔다고 했다. 프리랜서 생활로 꽤 긴 시간을 보낸 나와는 다르게 상대적으로 규모가 큰 뮤지컬계에서 길게 일했고, 나름 회사에서 회사로 이직을 반복하고 있었다. 그 선배도 대략 10년이 넘은 시간을 그 업계에서 보내고 있었고 서울이 본가임에도 독립했다고 했다. 집들이 겸 놀러 갔다가 대화의 끝에 '저축'이 화두에 올랐고, 그의 입에서 나를 흔드는 두 번째 멘트가 흘러나왔다.

"사회생활 10년 정도 했으면 그래도 1억 원은 모아야 하는 거 아니니? 1년에 1천만 원은 모을 수 있잖아."

해머로 머리를 때려 맞는 기분이었다. 1년에 1천만 원. 대략 한 달에 85만 원 내외의 돈을 모아야 가능한 금액이었다. 1억 원이라. 그게 우리 같은 사람들에게 가능한 금액이었던가? 공연을 보기 위해 런던이나 뉴욕으로 해외여행을 가는 경우가 흔한 업계다. 체재비가 특히 많이 들기로 유명한 도시들이다. 여기에 공연 예닐곱 편은 보기 때문에 티켓 비용만 100만 원은 우습게 깨진다. 출장이 아니어도 12개월 할부를 긁고 돌아와서 수습하는 일이 허다했다. 그런데 10년에 1억 원을 모을 수 있었다고?

헛살았다는 생각이 들었다. 서른이 넘도록 대단한 사치를 한 것도 아니고, 해외여행은 1년에 한 번 남짓 갔을지언정 10년간 여행 때문에 쓴 돈을 다 합한들 2천만 원이 넘기는 어려울 터였다. 그런데 대체 어떻게 하면 그 큰돈을 모을 수 있단 말인가? 뮤지컬은 연극보다 월급을 많이 주나? 심사가 복잡해졌다. 1억 원을 모으지 못한 것이 문제가 아니라 남들에 비해 뭔가 잘못 살고 있다는 생각에서 벗어날 수가 없었다.

다시 나의 계좌를 열어보았고, 여전히 비루한 상태임을 재확인했다. 심지어 나는 대학원에도 다니고 있었다. 대학원 2년 과정의 예상 지출은 1200만 원. 한 달 평균 50만 원을 모아야 학자금대출 없이 졸업할 수 있다. 그마저도 국립대학교이기 때문에 가능했던 금액이다. 만약 사립대학교였다면 두 배가 넘게 들었을 것이다.

"나 에르메스 가방 24개월 할부 끊은 느낌이야."

지인들에게 그렇게 말했다. 없는 살림에 내가 저 50만 원을 다달이 잘 모을 수 있을까? 의구심도 들었다. 나는 딱 한 번 학자금대출을 받은 적이 있다. 그건 1%대 금리라는 말 때문에 실제 내 수중에 이미 학비 전액이 있었음에도 불구하고 부린 호기였다. 2013년 9월에 부린 그 호기가 2021년 가을에서야 끝나는 것인 줄 알았다면 하지 않았을 것을. 후회하고 또 후회했다. 목돈은 생각만큼 쉽게 모이지 않았고 한 달에 원리금 44,000원을 갚는 것조차 피곤한 일이라는 사실을 그때는 몰랐다.

아직도 엄마와 살고 있는데요

2012.11.

처음으로 독립을 고민하기 시작했던 건 서른셋이었다. 프리랜서의 삶을 정리한 후 취직하고 채 1년이 되기 전이었다. 사회생활을 시작하고 이어진 긴 프리랜서 생활의 결론은, 난 안정적인 삶을 추구하는 인간이라는 사실이었다. 그리고 안정적인 삶에 '부모님과 함께하는 삶'은 큰 힘이 되어주었다. 결혼하기 직전까지 절대 집 밖으로 나가지 않겠다고 생각해 왔고, 부모님 역시 결혼 전의 독립은 가출이라며, 네가 아직 가출할 때는 아니지 않냐고 일갈했다.

결혼 전까지 독립은 없다고 생각했던 가장 큰 이유는 경제적인 것이었다. 일하면서 보증금 500만 원에 월세 35만 원으로 사무실을 구하면서 깨달았다. 내가 얼마나 가난한지. 그 돈이 얼마나 가당치 않은 돈인지. 저렴한 사무실 자리를 구하다 끝내는 원룸까지 헤집고 다녔다. 굿을 해도 그 집에 깃든 혼령을 못 내보낼 것 같은 음침한 사무실 자리부터 산꼭대기 반지하방 등 10곳을 버라이어티하게 찾고 나서야 겨우 자리 잡은 사무실도 2~3팀이 나누어 월세를 내야 버틸 수 있었다. 크기가 크면 위치가 엉망이고, 조건이 좋으면 월세가 너무 높았다. 당연했다. 이미 10여 년 전에도 대부분 원룸의 월세는 50만 원으로 고정되어 있었다. 대학가라 저렴할 것이라 착각했다. 정말 세상을 몰랐다. 가격은 고정되어 있고, 위치에 따라 보증금만 조금씩 달랐을 뿐이었다. 사무실 월세도 겨우 낼 수 있는 수입에 굳이 독립까지 한다는 것은 내가 감당할 수 있는 영역이 아니었다.

그러다 취직했고, 사무실 월세에 대한 부담에서 벗어나자 얄팍하게도 독립이 하고 싶어졌다. 서른셋이라는 나이에 결혼은 쉽지 않을 것 같았다(물론 더 늦은 나이에도 결혼할 수 있다는 것은 매우 뒤늦게 깨달았고 말이다). 그리고 차츰 나의 공간이 그리워졌다. 독립된 사무실의 장점은 나의 공간이 확보된다는 것이었다. 하지만 회사의 내 책상은 독립된 나의 공간이 아니었다. 물론 부모님의 집 역시 나의 공간이 아니었다.

난 늘 엄마 집에 얹혀산다고 이야기하곤 했다. 생활비 한 푼 못 내는 가난한 프리랜서는 지금이라도 공무원 시험을 준비하라는 압박에서 벗어나기 위해 집에 그냥 들어가지 않았다. 딱 취침 시간에 집에 들어가 잠만 자고 나왔다. 아침에 눈을 뜨면 사무실에 앉아서 안정을 찾곤 했다는 사실을 뒤늦게 깨달았다. 그때부터였다.

"월급도 받겠다, 이제 독립 한번 해볼까?"

단순했다. 나는 나의 공간이 필요했다. 그리고 최소한의 비용으로 독립하기 위해서는 누군가의 도움이 필요했다. 그래서 알아보기 시작한 것이 임대아파트였다. 임대아파트는 예나 지금이나 경쟁이 매우 치열하지만, 그래도 경제적 조건이 맞는다면 지금보다는 가능성이 높았던 시절이었다.

어설픈 원룸보다는 정부가 보증하고 관리하는 임대아파트 쪽이 살기에 훨씬 좋아 보였다. 하지만 임대아파트의 종류가 너무 많았다. 임대아파트를 빌리는 데도 공부가 필요한 것이다. 임대의 방식이나 주체에 따라 준비해야 하는 조건이 너무 달랐다. 일단 서울에서 살아야 하니까 SH 홈페이지를 정독하기 시작했다.

　　SH. 서울주택도시공사. 서울에 있는 임대아파트를 관리, 운영하는 주체라고 생각하면 된다. 임대아파트, 분양 등을 담당하는 회사라는 것까지 파악하고 서울에 분포한 임대아파트의 위치를 확인했다. 의외로 꽤 많은 지역에 임대아파트가 운영되고 있으며, 임대아파트들은 단지 전체가 아니라 큰 단지의 일부에 분포되어 있었다. 신축 아파트를 지으면서 그중 일부를 정부에 임대아파트로 제공하는 정책이 시작된 이후였던 것이다. 물론 서울 중심부에 있는 아파트는 거의 없었다. 대부분 서울 외곽이었다. 여기서 회사가 있는 신당동까지 어떻게 다녀야 하나 걱정했지만, 사실 지금 생각해 보면 못 할 일은 아니었다. 내가 당시 부모님과 살던 지역이 교통이 좋았기에 그 정도가 아니면 다 별로라고 여기며 지원할 생각조차 하지 않았다. 배부른 생각이었다. 보증금 한 푼 없었던 주제에 말이다.

　　그제야 임대아파트 관련 공지 사항들을 살펴보았다. 임대아파트는 크게 3가지로 나뉜다. 관련 공공기관이 땅을 사서 터를 닦고 건물을 세우고, 해당 기관이 임대인이 되는 '건설형', 민간에서 지은 아파트 중 일부 세대를 공공기관이 매입해서 공공임대에 활용하는 '매입형', 보증금이나 리모델링 지원 등 건물을 지어주지는 않지만 다른 방식으로 거주 안정성을 추구할 수 있도록 돕는 '임차형' 등이 있다. 흔히 생각하는 임대아파트는 건설형이 대부분이다. 임대가 가능한 기간도 제각각이고 신청 유형도 매우 다양하다. 독립을 꿈꾸던 시점에는 예닐곱 가지 정도였지만 지금은 그보다 훨씬 많은 것으로 알고 있다. 내가 가진 조건이 무엇인지를 파악해야 거기에 적절한 임대 유형도 신청할 수 있는 것이다.

SH의 임대는 시민의 주거 안정을 위한 것이었다. 주거 안정이 쉽지 않은 사람. 그러니까 경제적으로 소득수준이 낮은 사람을 위한 조건이 대부분이었다. 그 와중에 영구임대는 나 같은 사람을 위한 공간이 아니었다. 기초생활 수급 대상자 정도는 되어야 신청이 가능한 조건이었다. 나의 소득 조건으로는 국민임대나 공공임대가 가능했다.

공공임대 신청 자격의 첫 번째 조건은 입주자 공고일 기준 서울특별시에 거주하고 있으며, 소득 및 자산 보유 기준에 부합해야 하고, 청약저축에 가입되어있어야 하며, 가장 중요한 것은 무주택 세대 구성원이어야 한다는 것이다. 소득과 자산 조건은 충족될 것 같았다. 청약도 적립 금액이나 인정 범위는 확인하지 못했지만 가입은 되어 있었다. 여기서 문제가 되는 것은 무주택 세대여야 한다는 점이다. 나는 부모님과 함께 살고 있었고, 우리 집에 주택담보대출이 산처럼 걸려 있다고 할지라도 유주택인 상태였다. 나는 무주택이지만, 내가 속한 세대는 유주택이었기 때문에 신청 자체가 불가능했다.

국민임대도 별반 다르지 않다. 첫 번째 조건이 서울 거주, 성년, 무주택 가구의 구성원으로 소득, 자산 등의 기준에 부합되는 사람이었다. 소득 기준은 그다지 어렵지 않다. 연도마다 차이가 있겠지만 1인부터 8인 가구까지 가구 수에 따라 기준 금액이 있고, 그 이하면 된다. 나의 소득은 전혀 문제 되지 않았다. 자산도 전혀 없고. 내가 속한 세대가 걸림돌일 뿐이었다.

무주택 가구의 구성원. 그게 아니면 무주택 세대주. 나에겐 그 조건이 필요했다. 그렇다고 내가 임대아파트에 들어가야 하니 부모님께 집을 파시라고 할 수도 없는 노릇 아닌가. 방법을 찾아보니, 내가 지금 이 가족으로부터 세대 분리를 하면 해결되는 문제였다. 그게 뭐 어렵겠는가 싶었지만 오산이었다.

나는 일단 '세대'에 대한 개념이 없었다. 세대란 매우 행정적인 기준이었다. 주민등록상에 있는 혈연(혹은 입양) 가족이 한곳에 거주하는 것을 세대라고 부른다. 머릿속에서 생각하면 그냥 행정 처리만 하면 되는 것 같지만 그건 이 나라 정부를 매우 무시하는 처사다.

　　일단 세대가 분리되려면 3가지 중 하나의 조건이 충족되어야 한다. 먼저 나이가 만 30세 이상인 경우, 두 번째는 나이와 상관없이 결혼하거나, 결혼 후에 사망이나 이혼 등의 사유로 1인 가구가 된 경우, 세 번째는 나이, 결혼 유무와 무관하게 중위소득 40% 이상, 즉 1년간 월수입이 약 70만 원 이상으로 독립된 생계를 유지하는 경우이다. 이 3가지 조건의 공통적인 필수 요건은 주소지가 달라야 한다는 것이다. 당시 내가 부모님과 함께 살던 곳은 아파트였다. 하나의 문을 갖고 드나든다. 집이 분리된 구조가 아니라는 뜻이다. 각자 별도의 출입구를 가지고 층을 달리하거나, 층이 같아도 역시 별도의 출입구를 가지고 호수가 다르다든가 하는 차이를 가지고 있는 경우여야 세대 분리가 가능하다.

　　그러니까 옆집이건 윗집이건 최소한 다른 집에서 살아야 한다는 것이다. 일반적인 아파트는 그런 구조가 불가능하고, 더군다나 세대 분리를 했다고 하더라도 결혼하지 않은 상태에서 같은 집에서 살고 있다면 세대 분리라는 개념을 적용하기가 어려운 것이다.

각종 온라인 사이트를 검색한 결과 유일한 방법은 내가 실제로 월세든 전세든 독립해서 주민등록을 별도로 하는 게 아니라면, 친척이나 다른 누군가의 집에 주민등록을 옮겨 세대를 분리하는 것이다. 독립이 아니면 위장 전입. 나는 2가지 옵션이 있었다.

아는 사람 집에 주소지를 옮긴다고 해결되는 것이 아니다. 월세나 전세 등 세입자로 사는 사람의 집에 주소지를 옮기는 일은 적절하지 않아 보였다. 원칙적으로는 내가 누군가의 집에 전입하고, 그 집에 별도의 주인이 있다면 임대인이 나의 전입 사실을 인지하고 있어야 하기 때문이다. 지금 생각하면 그리 어려운 일도 아니었다. 세입자인 지인이 임대인에게 "친구가 들어와 살 것이다"라고 구두로 전하면 되는 거였다. 하지만 월세살이를 하는 대부분의 지인에게 그런 사소한 일로 집주인과 통화하게 만드는 불편을 주고 싶지 않았다. 예나 지금이나 조물주위에 건물주가 있으니까. 혹여 나로 인해 소소한 트러블이 쌓여 어떤 큰 문제가 발생할까 걱정했다.

아무튼 나는 집에 독립 의사를 밝혔다. 엄마는 울었고 나는 담담했다. 그렇게 하루가 지나고 엄마가 방문을 열었다.

"그래. 그럼 독립해."

나는 아버지 지인 중에 주택에 거주하는 사람을 알아보았다. 어찌어찌 이리저리 부탁을 드려 공릉동 언저리에 나의 주소를 얹어놓을 수 있다는 사실까지 확인했다. 하지만 독립은 그리 만만한 일이 아니었다.

진짜
독립을 준비하다

2014.9.

　　이직을 했다. 강서구에서 중구 신당동까지 출퇴근하던 나는 여의도에 새로운 직장을 얻게 되었다. 버스로 15분, 도보로 35분이 걸리는 출퇴근길에 나는 명분을 잃어버리고 주저앉았다. 이직으로 인해 아주 약간의 연봉인상이 이루어졌다. 바로 직전 직장에서는 과장이었으나, 이곳에서 나의 직급은 대리였다. 하지만 난 불만이 전혀 없었다. 직급은 낮아졌지만 페이는 높아졌다. 그것도 많이. 그때의 나는 최저임금이 얼마인지도 몰랐고 늘 막연했다. 직장을 옮겼지만 같은 계열에서 일하니 만나는 사람도 크게 달라지지 않았다. 입사 6개월 차에 만난 경제지 기자가 내게 물었다.

"여긴 어때요? 다닐 만해요?"

"일은 뭐 비슷하고 다닐 만해요. 그런데요 기자님. 저 뜬금없이 집이 갖고 싶어요. 혼자 사는 것도 아니고, 살 곳이 없는 것도 아닌데 이상하게 집을 사고 싶어요."

"안정되고 있다는 증거예요. 이곳이 괜찮은 직장이라는 뜻이기도 하고요."

"돈이 없어서 재테크를 못 한다고 생각했는데, 이제 와 생각하니 아니었어요. 재테크는 돈이 없을수록 더 열심히 해야 하는 거였어요. 그걸 너무 늦게 깨달았어요."

"맞아요. 재테크는 돈이 없어도 할 수 있어요. 생각보다 그걸 모르는 사람이 꽤 많아요."

"저 이제 뭘 해야 할까요?"

몇 개월간 꾸준히 더 임대 공고가 있는지 챙겨 봤어야 했는데 놓쳤다. 아니, 정확하게는 놓쳤는지 아닌지도 모르게 4~5개월의 시간이 흘러갔다. 핑계라면 일이 바빴다. 그사이 나는 1인 가구 소득 기준에서도 탈락했다. 나는 아직도 이렇게 가난한데 어찌하여 무엇 때문에 임대 아파트 1순위 신청자가 못 되느냔 말이다. 나는 정부가 제시하는 절대적인 조건을 충족하지 못하는, 애매하게 커트라인 밖으로 밀려난 도시 생활자가 되었다. 이제 나의 독립은 저 멀리 멀어졌다 생각하고 조신하게 회사 생활에 매진했다.

입사 후 6개월이 지났고 갑자기 집에서 이사한다는 이야기를 들었다. 부모님은 성동구와 강서구를 오가며 식당을 하신 지 10년이 넘었다. 너무 힘들고 지치신 데다 동생마저 결혼으로 독립을 하자 부모님은 식당 근처로 이사를 하겠다고 선언하셨다. 거기서 여의도까지 또 어찌 다니나 고민하고 있는데 2주도 채 지나지 않아 이사하지 않기로 했다고 말씀을 하시는 것이 아닌가. 이건 뭔가 싶었지만 일단 수긍했다. 그리고 또 1주일 후, 부모님은 말씀을 다시 뒤집었다.

"지난번에 말한 그 집으로 다시 이사하기로 했다."

식구도 줄고 집도 줄이고 좋았다. 나도 추천하는 바였다. 굳이 큰 집에 사실 거 뭐 있냐 했다. 하지만 엎었다 뒤집기를 반복하는 건 나로서는 매우 복장 터지는 일이었다. 그리고 선언했다.

"어차피 독립하기로 한 거, 엄마랑 아빠 이사하실 때 저도 나갈게요."

언젠가 하기로 했고, 그게 지금이든 내년이든 달라

질 건 없어 보였다. 부모님의 섭섭함을 뒤로하고 독립을 준비했다. 나는 부모님에 의해 나의 살 곳이 좌지우지되는 삶이 아닌, 나 스스로 나의 공간을 결정하고 책임지는 삶을 살기로 마음먹었다. 마음먹는 것은 어렵지 않았다. 하지만 집을 구하는 것은 현실이었고 나는 나의 주머니 사정부터 점검해야 했다.

내 집 마련이 아닐 바에야 누군가의 집에 들어가서 살려면 월세 혹은 전세의 옵션을 선택해야 한다. 그리고 거기에 필수 요소는 바로 보증금이다. 보증금을 얼마나 확보하고 있는가에 따라 집의 컨디션이 달라지기 때문이다. 이미 사무실 구할 때 충분히 경험했다. 보증금 100만 원이 올라가면 월세를 내리거나 혹은 더 좋은 위치에 집을 구할 수 있다. 그리고 그 말은 나는 집을 구하기 위해 돌아다니며 처절하게 나의 '가난'을 재확인하게 될 것이라는 뜻이다. 이제 진짜 나의 현실과 마주해야 했다.

대충 검색해 본 전셋값은 1억 원 이상이었다. 대출 받는다면 1억 원의 80% 정도를 빌릴 수 있다. 그 말은 나에게 종잣돈이 2천만 원 있어야 한다는 뜻이다. 거기에 대출을 받았으니 당연히 이자도 나가게 될 것이다. 그때의 나는 너무 무지했다. 전세대출로 받은 8천만 원을 2년 동안 다 갚아야만 한다고 생각했다. 8천만 원을 2년으로 나누면 한 달에 이자까지 300만 원 이상 갚아야 한다는 계산이 나왔다. 말도 안 되는 계산법이었다. 그렇게 갚으면 좋겠지만 보통의 전세대출은 이자만 내고 원금은 2년 뒤에 보증금을 돌려받아 되갚는 형태로 이어간다는 것조차도 몰랐다. 월급보다 더 큰돈을 다달이 갚아나갈 수는 없다고, 내가 갈 수 있는 옵션이 아니라고 생각했다. 무지의 끝이었다.

그럼 다음 옵션은 월세. 500~2000만 원 정도의 보증금이 필요했고, 월세는 50만 원 내외로 예상되었다. 보증금이 올라가면 월세가 내려가고, 둘 다 올리면 집이 커지거나 깨끗해질 것이다. 집을 구하러 다닐 생각을 하니 아득했다.

설령 내가 전세대출의 구조를 알았다 해도 나에게 선택의 여지는 없었다. 왜냐하면 수중에 500만 원밖에 없었으니까. 그마저도 이전 직장에서 밀린 월급이 들어왔고, 예전에 쓰던 사무실을 정리해서 사람들과 나눠 쓰던 보증금 일부를 받은 덕분이었다. 여기서 일부는 지지부진하게 밀린 카드값을 정리하는 데에 소진되었다. 그렇게 탈탈 털어 모은 유일한 돈이 500만 원. 그 금액이라면 나의 첫 독립은 월세로 직행이다. 그때 나는 엄마에게 도움을 요청했었다.

"혹시 보증금 좀 빌려줄 수 있어요? 꼭 해달라는 게 아니라 그냥 가능한지만 알려주세요."

엄마는 고개를 가로저었다. 나중에 엄마는 말했다. 그때 나의 독립이 마음에 들지 않았다고. 보내고 싶지 않았지만 나를 꺾을 수는 없었고 그런 내가 미웠다고 했다. 도와줄 수 있었지만 그러지 않았다고. 원망하지는 않았다. 누군가의 도움으로 시작하는 것이 나에게 꼭 좋은 것만은 아니니까. 그리고 엄마도 이사를 앞두고 정신이 없는 상황이었을 테니까. 나에 대한 엄마의 괘씸함은 나에게 굳건함을 주었다. 해보지 뭐. 보증금 500만 원.

직방은 직방일 뿐, 결국 발품이 답

2014.9.

집을 알아보는 방법은 3가지였다. 제일 고전적인 것은 부동산 중개사를 통하는 방법이었다. 부동산 중개사를 찾아가 내가 원하는 금전적 조건과 지역을 이야기하면 가능한 매물이 있는 곳으로 데리고 다녀주었다. 1시간이면 4군데는 볼 수 있었다. 기본적이지만 내겐 심적으로 부담스러운 방법이었다. 어딘가의 문을 두드려 "저 집을 구하고 있는데요"라고 말하는 것 자체가 공포였다. 나의 재산 상황을 오픈하는 것도 불편했다. 나이도 많고, 영업하는 사람들 특유의 태도도 부담스러웠다. 본인의 매물이나 상황을 깔끔하게 오픈하는 사람을 찾기도 쉽지 않았다. 그러나 나에게는 선택의 여지가 별로 없었다.

저녁에 부동산으로 퇴근하기 시작했다. 밖에서 부동산 사장님의 얼굴을 슬쩍 보며 내가 감당할 수 있는 인상인지 '관상'을 살펴보는 것이 첫 관문이었다. 가을이 지나가고 있었고, 퇴근 후 동네 부동산을 돌아다닐 상황인 6시 반 이후엔 대부분의 부동산이 문을 닫았거나 혹은 영업 중이지만 내가 안을 살피는 것이 너무 잘 보이는 상황이라 그 또한 눈치가 보였다. 눈이라도 마주치면 결국 문을 열고 들어갈 수밖에 없었다.

역시는 역시였다. 아버지, 어머니, 최소한 이모, 삼촌뻘인 이들에게 나의 부족한 부동산 지식과 종잣돈을 공개하는 것은 유쾌한 일이 아니었다. 먼저 무엇부터 말해야 할지도 몰랐다. 월세를 구한다고 하면 되나? 12월에는 이사를 들어가야 하는데 너무 늦은 것은 아닌가? 이 어수룩한 예비 세입자는 모든 것이 어려웠다. 모든 것이 내 예상과 달랐다. 12월 입주를 고민하는 월세 세입자는 세 달씩이나 일찍 집을 알아볼 필요가 없었다. 빨라야 한 달 반이나 한 달 이내의 시점이면 충분했다. 입주 시점을 이야기하면 하나같이 "아직 한참이네"라고 말했다. 맥이 빠졌다. 한참 남았다니. 나는 지금부터 뭔가 준비를 해야 할 거 같은데. 마음이 혼란스러워졌다.

그렇게 부동산을 여러 곳 다니면서 내가 너무 빠르게 움직였다는 것을 확인한 다음부터는 부동산 중개 앱을 활용하기 시작했다. 이제 막 '직방'과 '다방'이 사업을 시작하고 있던 때였다. 오프라인 중개사들과 묘한 대치 구도가 있긴 했지만 결국은 그 세계로 흡수될 수밖에 없어 보였다. 일단 앱을 깔고, 지역을 설정했다. 직방에 올라온 매물을 보고 방문을 원한다고 연락하면 방문 시간을 예약하고 해당 부동산과 만나서 돌아다니는 것이었다. 결국 제일 많이 활용한 방법은 직방을 보고 전화해서 해당 부동산이 가진 다른 매물을 둘러보는 것이었다. 내가 본 매물이 좋은 매물인지, 내가 만난 중개사가 신뢰할 만한 사람인지에 대해 판단을 하는 것은 여전히 가장 어려운 일이었다.

앱만으로는 충분하지 않았다. 예나 지금이나 허위 매물이 너무 많았다. 이 물건이 아직 남아 있는지 문의를 하면 열에 여덟은 없다고 했다. 없는 매물을 왜 올려놓아서 혼란을 주느냐 호소해 봐야 소용없는 일이었다. 나는 그저 나의 새로운 살길을 찾아야 했다. 그래서 선택한 마지막 방법이 직거래 카페였다. 네이버 카페 '피터팬의 좋은 방 구하기'에는 계약기간을 미처 다 채우지 못한 각종 매물들이 지역별로 올라와 있었다. 지역명을 다양하게 검색해 보니 직방이나 중개사를 통해서는 보지 못한 구석진 곳의 매물들을 살펴볼 수 있었다. 직거래다 보니 좀 무서운 것도 사실이다. 퇴근 후 움직여야 했고, 해당 집에 가기 전에 예약해야 하고, 거기에 누가 살고 있든 나는 그 집에 혼자 들어가서 집 안을 살펴야 한다. 다가구, 다세대에 대한 가장 다양한 샘플을 접한 곳이 피터팬이었고 그만큼 집의 모습도 가지가지였다.

이때 알았다. 내가 생각보다 추진력이 있는 사람이라는 사실을. 회사 출퇴근을 기준으로 반경 15km 이내를 두고 대략적으로 지역을 결정했다. 1차 후보로는 지금 사는 지역의 지하철역 2~3개를 기준으로 반경 1km 이내를 잡았고, 2차 후보로는 그래도 젊은 사람들이 많이 살 것 같은 홍대와 합정동, 성산동 일대를 잡았다. 매일 검색했고, 주로 점심시간을 활용해 돌아다녔다. 신촌, 홍대 쪽 부동산에 전화해서 대략의 금액을 알려주고 미팅 예약을 잡으면 짧은 시간에 3~4곳을 보여주었다. 퇴근 이후나 주말에는 피터팬에 올라온 매물을 보러 다녔다. 점심시간과 퇴근 후 저녁 시간을 총동원해 몇몇 지역을 탐색한 결과, 난 강서구 9호선 라인에서 정착하기로 마음을 먹고 본격적으로 9호선 라인을 돌아다녔다. 지하철과의 거리나 집의 크기 등이 비슷한 조건이라면 그래도 9호선 라인에 있는 집들이 좀 더 저렴하다는 것이 파악되었다.

지역을 세분화하고 나니 자신감이 생겼다. 금요일 밤부터 일요일 저녁까지 부동산, 피터팬 가리지 않고 돌아다녔고, 오다가다 문이 열린 부동산에는 다 문을 두드렸다. 밤 9시에 방문했던 집이 마음에 들었는데 보증금이 조금 부담스러워 혹시 조정이 되냐고 다음 날 아침 9시에 전화했는데, 내가 집을 보러 가기 직전에 보고 간 사람이 가계약금을 걸고 갔다는 말을 들었을 때의 좌절감은 잊을 수가 없다. 부동산은 선착순. 돈 먼저 낸 사람이 임자라는 사실도 그때 알았다. 마음을 정했는데 눈앞에서 날아가는 경험을 하고 나니 허망하기가 이루 말할 수 없었다.

발품을 판 지 2~3주 만에 직방에 올라온 매물을 보고 "이 집 혹시 보여주실 수 있어요?"라고 거꾸로 묻는 여유도 생겼다. 대부분의 부동산들은 서로서로 잘 안다. 그래서 본인의 매물이 아니어도 다른 부동산의 매물도 소개가 가능하다는 것도 알았다. 하지만 이런 경우 내가 내는 수수료에는 차이가 없지만, 중개사 입장에서는 원래 매물을 갖고 있던 중개사와 수수료를 나누어야 하므로 본인이 가지고 있는 매물을 더 추천하기도 한다는 것도 배웠다.

그렇게 열심히 집을 보러 다닌 후 나의 결론은 '월세 50만 원은 너무 어려운 조건이다. 쓸 만하면 60만 원 이상 드는구나. 심지어 관리비도 별도인데'와 '보증금 500만 원은 예나 지금이나 부질없는 돈이구나'였다.

어떤 집에
들어가실래요?

2014.10.

나 혼자 살기 좋은 집의 크기로 제일 먼저 떠올린 건 원룸이었다. 하지만 내가 생각하는 원룸에 대한 개념은 막연했다. 언젠가 드라마에서 본 것 같은 적당히 넓고 기본적인 전자제품이 옵션으로 들어가 있는 전망 좋은 방. 그런 원룸은 흔히 오피스텔이라 불리는 건물들이었는데, 오피스텔 시대는 이미 10년 전에 끝나 있었다. 보증금 1~2천만 원에 월세 50만 원, 관리비 10만 원 선이 평균인 듯했다. 10년 차 오피스텔은 인기가 많이 없는지, 워낙건물에 물건이 많아서 그런지 공실인 상태의 오피스텔을보는 것은 어렵지 않았다. 공실이라 더 넓어 보였고, 넓었음에도 그다지 커 보이지 않았다. 대충 10년 차 연식의 오피스텔이 사람 사는 것처럼 살 수 있는 공간을 제공한다는 것을 깨닫는 데 그리 오래 걸리지 않았다.

그다음으로 흔한 건 도시형 생활주택이었다. 오피스텔의 시대를 지나 수익형 부동산은 도시형 생활주택으로 흐름이 바뀌어 있었다. 2009년부터 짓기 시작한 도시형 생활주택은 1인 가구를 위한 미친 듯이 작은 원룸이었다. 신축인 대부분의 원룸들은 도시형 생활주택이었는데, 이런 방은 모든 것이 새것이지만 매우 작고, 비쌌다. 보증금은 중요하지 않았다. 이들이 원하는 것은 월세였다. 지은 지 1년 이내의 오피스텔은 오피스텔이라고 부르기도 민망할 정도로 작았다. 숨이 턱턱 막혔다. 이미 보아온 오피스텔의 반밖에 안 되는 작은 규모. 침대 하나 놓고 나면 그 옆에 빨래 건조대를 세울 곳도 없어 보이는 작은 방이었다. 실제 평수가 4평도 안 되는 작은 공간에 벽에는 수납공간이 빼곡히 붙어 있었다. 세탁기, 냉장고, 에어컨 같은 설비들을 갖추고 있었지만 그게 전혀 메리트로 다가오지 않는 크기였다. 심지어 다닥다닥 닭장처럼 지어진 통에 채광이 엉망인 곳이 대부분이었다. 대낮에 보러 가도 창을 열면 바로 앞이 벽이거나 다른 건물이었다.

피터팬을 통해 만난 매물은 좀 더 버라이어티했다.

오피스텔보다는 다세대, 다가구가 많았고 더러 한 집에 출입문을 쪼개서 들어가는 듯한 집도 있었다. 건물주가 건물에 사는 경우가 많았고, 누군가는 그것을 단점으로, 누군가는 그것을 장점으로 꼽았다. 건물의 스펙은 천차만별이었고 위치에 따라, 규모나 엘리베이터 유무 등에 따라 컨디션은 다양했다. 오피스텔이나 도시형 생활주택은 입지 말고는 큰 차별점이 없었지만, 다세대나 다가구는 금액 외의 매력 포인트에 미묘한 차이가 있었달까? 아쉬운 점도 많다. 골목 구석구석 들어가야 했고, CCTV나 엘리베이터가 없는 경우도 흔했다. 늦은 시간 귀가가 잦았던 사람인지라 대로가 아닌 골목 깊이 들어가는 구조는 마음이 편하지 않았다. 하지만 가격이 괜찮거나 방이 유달리 크거나 하는 경우들은 아무래도 오래된 다세대주택에 더 많았기에 고민이 많을 수밖에 없었다.

누군가가 그랬다. 부동산 가격은 빅 데이터의 산물이라고. 위치, 서비스, 구성의 미묘한 차이에 따라 가격이 섬세하게 바뀐다. 아파트가 아니어도 말이다. 원룸의 금액은 어느 정도 평준화되어 있었지만, 안전장치나 위치, 건물의 노후 정도, 크기에 따라 편차가 컸다.

보증금과 월세와의 상관관계도 제대로 알았다. 전

월세 전환율이라는 것도 배웠다. 건물주에게 의사만 있다면 월세와 보증금은 조정할 수 있었다. 월세를 기준으로 필터링해서 보는 것이 조금은 무의미했다. 보증금 조정 의사가 있는 건물주인지 여부를 확인하는 것이 순서였다. 월세가 높다 싶어도 일단 집부터 보기로 했다. 집이 마음에 들면 비용은 어떻게든 맞춰보자 싶었다. 전기 요금이나 수도 요금 혹은 인터넷 요금 등이 포함되어 있는지 등은 아주 사소한 문제였다.

다세대도 개중에 깨끗하고 사이즈도 적당하다 싶으면 월세가 60만 원이 넘었다. 그랬다. 사무실을 구할 때와 마찬가지로 나는 여전히 돈이 없었고, '월세 50만 원 미만에 살 만한 원룸'이라는 나의 조건은 원천적으로 이 세상의 시세에 맞지 않았다.

나는 월세 금액을 좀 더 올려야 했고, 집을 보러 다닌 지 1주일도 되지 않아 막연하게 "원룸 알아보고 있어요"가 아닌, "9호선 라인에 보증금은 ×××만 원, 월세는 ××만 원 전후면 되고요, 조율 가능하니 일단 매물 먼저 보고 이야기할게요. 관리비는 적을수록 좋지만 아니어도 괜찮으니 크게 신경 쓰지 않으셔도 돼요. 관리만 잘 되어 있으면 연식이 오래되어도 괜찮아요. 실평수가 넓은 집을 선호해요. 옵션은 냉장고, 세탁기, 에어컨까지면 되고요. 없어도 무방해요. 베란다가 있으면 베스트고요"라고 말할 수 있었다.

다들 난처해했다. 이야기했던 조건은 신의 직장 같은 조건이었다. 일단 베란다에서 걸렸다. 이맘때쯤 지어진 집들은 크나 작으나 베란다를 만들지 않았다. 집이 작을수록 잡스러운 짐들을 보관할 창고 같은 공간이 필요한데, 그런 공간이 없으면 어떻게 해도 집이 지저분해진다. 심지어 칼바람의 겨울, 찜통 여름을 견디려면 베란다는 필수인데 말이다. 베란다는 단순히 잉여 공간이 아니다. 나의 집과 빨래를 가려주는 곳이고, 추위와 더위를 막아주는 완충지대다.

나중에 알았다. 베란다 여부에 따라 세금이 다를 수 있다는 사실을. 왜 요즘은 베란다가 없는지 모르겠다는 나의 푸념에 지인이 "돈 때문이지. 베란다가 있는 집과 그렇지 않은 공간은 분류하는 이름이 엄밀히 달라요. 세금도 다르고. 당연히 베란다가 없는 쪽이 세금이 더 싸죠"라고 말했다. 돈이 있는 자들은 섬세하다. 이런 작은 차이로 세상의 베란다가 사라지게 된 것이라니.

그렇게 열흘간 딱 33곳을 둘러보았다. 점심시간이 1

시간 30분인 회사에 감사할 따름이다. 나는 맨 처음 본 집으로 결정했다. 결국 그 무수한 삽질의 시간은 내가 본 첫 집이 얼마나 훌륭한지를 가늠하기 위한 과정이었다. 최종 결정을 하기 전, 후보에 두었던 두 집이 공교롭게도 같은 중개사가 소개해준 곳이었는데, 계약 직전 중개사에게 물었다.

"만약 여동생이 독립을 한다면, 어딜 추천하시겠어요?"

"맨 처음 보신 집이요."

"그러면 거기로 할게요."

"잘 생각하셨어요. 그리고 건물주가 부자거든요. 그거 되게 중요해요."

지금 다시 생각해도 정말 내가 원하는 조건에 완벽한 집이었으며, 원룸 생활을 해본 이들에게 집에 대해 설명하면 하나같이 "그런 집이 어디 있냐"라고 말할 정도로 흡족한 집이었다.

5층짜리 건물에 3~5층이 거주 공간이었고 내가 계약한 집은 정확히 거주 공간의 가운데에 있었다. 건물 앞뒤가 트여있어서 창문과 문을 열면 환기가 아주 잘되었다. 남서향이라 볕도 제법 잘 들었고, 현관과 화장실 바로 앞에 중문도 있었다. 물론 에어컨, 냉장고, 세탁기까지 기본 옵션으로 갖추어져 있었고 집에서 쓰던 가구들도 넉넉히 들어갔다. 베란다가 별도로 딸려 있었고, 엘리베이터가 있는데도 관리비가 없었다. 다세대 주택들을 다니다 보면 용적률을 맞추기 위해 맨 위층에는 원래는 야외 공간이어야 하는데 가림막을 만들어 베란다라고 팔아넘기는 집들도 있었지만 이곳은 제대로 만든 베란다였다. 모든 원룸마다 베란다가 있었다. 집주인이 직접 말하기를, 계약자는 여자만 받고 월세는 10년간 한 번도 변동 없이 45만 원이었다고 한다. 앞으로도 보증금 상향 조정은 없는 대신, 월세도 올리지 않을 것이라고 했다. 10년 된 건물인데 건물 신축 때부터 쭉 사는 세입자도 있다고 했다. 결정적으로 지하철 출구에서 뛰면 2분 거리였다. 이 정도면 초역세권이다. 엘리베이터가 있는데 관리비가 없는 경우도, 원룸인데 중문에 베란다까지 있는 경우는 자취 생활 20년씩 한 사람들도 손에 꼽는 조건이었다.

　　나중에 계약이 끝나고 서로 계약서를 파기하러 올라간 주인집에는 100인치는 족히 되는 TV가 2대가 있었다. 그중 하나가 내가 머물던 건물을 포함한, 건물주가 보유하고 있는 인근 건물 3곳을 관리하는 CCTV를 보는 용도였다. 오가며 보이는 CCTV가 과연 유의미한 것인가 늘 의구심이 들었는데 이제 보니 집에 문제가 생겼을 때 두 말하지 않고 깔끔하게 상황 정리를 해주는 프로 임대러였던 것이다. 건물 관리 못지않게 돈 관리도 깔끔해서 내 연말정산에도 무리가 없었고 두루 좋았던 집이었다.

독립의 꽃말은 '이사'

2014.11.

어린시절 기억하는 이사는 꽤 여러 번이었다. 내 집 없는 설움까지는 아니었어도 이사 자체만으로 나의 집이 필요하다고 생각한 순간이 많았다. 내가 기억하지 못하는 미취학 아동 시절을 제외하고 5번의 이사를 경험했고 그중 3번이 초등학교 때였다. 빈도수의 문제라기보다는 어렸기 때문에 이사 자체가 싫었다.

월세 계약 후 집에 돌아와 내 방을 봤는데 내 방이 너무 작아 보였다. 심리적으로 작다는 것이 아니라 물리적인 크기가 작았다. 물론 내가 사용하는 주방과 베란다와 욕실을 합한다면 얘기가 달라지겠지만 방의 크기만 놓고 봤을 때는 분명 작았다. 그 작은 방에 엄마가 결혼할 때 해 온 큰 장 하나와 아마도 30년은 족히 되었을, 작은 엄마가 준 장 2개에 내 옷들을 욱여넣고 있었다. 책장은 3개나 되었고, 그 안에 책과 서류가 가득했다. 그마저도 방에 다 들어가지 않아 책장 하나는 밖에 나와 있었다. 침대를 제외하고는 빈 벽이 없다는 사실을 그날 깨달았다. 나는 작은 방에 너무 많은 짐을 밀어 넣고 있었다. 심지어 이사할 방은 고작 3.5m×5m에 불과한데 그 방의 반 정도되어 보이는 방에 저 많은 가구와 책들을 다 이고 살았다니 놀라울 따름이었다.

계약은 예상보다 순조롭게 진행되었고, 나에겐 두 달이라는 시간이 남았다. 삼십몇 년간 살아온 내 삶의 무게가 고스란히 느껴지는 저 방을 정리해야 했다. 제일 먼저 한 일이 책장 정리였다. 책을 많이 사는 사람들끼리 결혼하면 책장을 합치는 것도 큰일이라고 했다. 난 책보다 더 많은 것이 연극 프로그램 북과 서류들이었다. 사무실을 정리하면서 예전에 작업했던 각종 서류들을 들고 온 탓에 서류도 한가득, 언제 쓸지 모른다며 작업 하나당 20권씩 남겨둔 프로그램 북들이 수백 권이었다. 거기에 공연을 보러 다니며 모아둔 프로그램 북과 티켓들, 해외여행 다닐 때 샘플로 삼겠다며 가져온 각종 인쇄물들이 책장을 짓누르고 있었다. 이럴 때 가장 좋은 방법은 다 버리는 것이다. 요즘 같은 디지털 세상에 저런 책이 무슨 소용이람. 나의 인생 공연 몇 편만 남기고, 이제 기억도 나지 않을 자잘한 프로그램 북부터 버리기 시작했다. 작업했던 프로그램 북도 2권씩만 남기고 다 버렸다. 서류도 돈과 관련된 서류 몇 개만 남겨두고 정리했다. 그렇게 한바탕 버리니 3개의 책장 중 하나가 겨우 비워졌다.

버리는 것은 생각보다 어려운 일이었다. 프로그램 북을 한 장 한 장 펼칠 때마다 거기에 묻어난 나의 고생과 노력이 떠올랐다. 티켓도 버리면서 '아, 이런 공연도 봤지' 싶었다. 티켓을 뒤집으면 누구랑 봤는지도 메모가 되어있었다. 내가 이런 친구가 있었나 싶은 친구도 있고, 계속 등장하는 이름도 있었다. 모든 것이 추억을 되짚어 보게 해주는 도구들이었다. 결국 버리는 것은 내가 쌓아온 시간을 버리는 것이나 다름없었다. 그것에 어떤 의미를 부여하는가에 따라 남느냐 버려지느냐가 결정되었다.

그다음 순서는 작업물, 그다음은 책이었다. 책은 차라리 쉬웠다. 대학 때 쓰던 교재들을 버리고, 각종 학습서도 버렸다. 그러고 나서 이사하면 쓸 가로 60cm, 세로 180cm, 고작 5칸밖에 없는 작은 책장 하나를 꺼내두고 그 앞에 책을 쌓기 시작했다. 책장엔 이미 프로그램 북이 꽂혀 있었고, 책들은 그 외의 공간에 채워야 했다. 당연히 다 들어가지 않는다. 책장에 꽂고 남은 책은 바닥에 켜켜이 쌓아두고 책장 하나에 정리될 때까지 꽂고 빼고를 수없이 반복했다. 그 작업만 한 달이었다. 당시 친했던 친구가 "너는 매일 뭘 버렸다는 이야기밖에 안 해. 짐 싸는 게 뭐 그렇게 오래 걸려?"라는 말을 할 때까지 그게 그렇게 나에게 중요하고 오래 걸리는 일이라는 생각조차 못 했다. 그 말을 했던 친구는 이미 대학 때 고향을 떠나 가족과 물리적인 분리를 한 상태였고, 빈번한 이사로 짐이 간소화된 상태였다. 하지만 나는 한 번도 집을 떠나본 적이 없는 사람이었다. 30년이 넘는 시간을 정리하는 일은 생각보다 훨씬 더 오래 걸리는 일이었다.

그렇게 한 달을 지내고, 또 버리고 난 후 이사는 돌침대라는 큰 허들이 있긴 했지만, 생각보다 간단했다. 나는 포장 이사를 불러놓고선 미리 책들을 싹 묶어두고, 어지간한 짐들은 모두 분류를 해두었다. 이삿짐센터 기사님이 "어? 다 싸두셨네요?" 하며 당황하실 정도였다.

두어 시간은 넘게 걸린다던 이사는 1시간도 안 되어 끝이 났다. 추위를 많이 타는 나는 집에서 쓰던 돌침대에 전자레인지까지 들고 갔다. 가구는 하나도 사지 않았다. 엄마는 새집에 들어갈 자잘한 살림들을 마트에서 쓸어 담아 주셨다. 그렇게 엄마가 한 짐 사주셨음에도 난 집에 있는 살림을 들고 나왔다. 도끼빗, 국자, 빨래 바구니, 수건, 소금까지 가져가는 나를 보며 엄마는 기가 막혀 했다. 훗날 내가 결혼하고 집들이 겸 우리 집에 놀러 온 엄마가 화장실에서 보물이라도 발견한 듯 "아니, 이 도끼빗이 여기 있었네" 하시며 들고 나와 흔드셨으니.

엄마가 말한 도끼빗은 손잡이에 '바이털'이라고 찍힌, 20년도 더 된 낡은 것이었다. 색이 바랬지만 나에게 이 빗은 대체제가 없는 아이템이었다. 지금 쓰고 있는 작은 국자도 독립할 때 갖고 나온 소소한 물건들 중 하나다. 새것을 사는 게 아까워서라기보다는 저 물건을 대체할 물건을 못 찾을 것 같다는 예감이 들어서 가져온 것이고 그 예감은 정확하게 맞았다. 내가 원하는 적당한 무게와 크기를 다 갖춘 물건을 찾는 건 어려운 일이었다.

그렇게 나는 사방팔방 티를 내며 이사했다. 커튼 하나 사서 달고 드러누워 햇살이 들어오는 창가를 바라봤다. 아, 이젠 진짜 혼자구나 싶었다. 늘 밤에 잠만 자러 들어가던 사람이 칼같이 퇴근해서 집으로 직행하는 집순이로 변했다. 나는 내 공간이 절실하게 필요했고, 그 사실을 막연하게라도 깨닫고 있었다. 음식은 해 먹지 않았지만 세탁기는 돌렸다. 세탁기가 찰박찰박 돌아가는 소리를 베란다 문간에 앉아서 듣곤 했다. 그 소리가 나에게 큰 위안을 주는 소리가 될 줄은 몰랐다. 햇살이 따사롭고 세탁기가 돌아가면 마음이 그렇게 평온할 수 없었다. 그래, 베란다 있는 집을 고르길 잘했어.

집에 가끔 손님이 왔고, 나는 손님과 마주 앉을 의자도 테이블도 없어서 바닥에 앉아야 했다. 결국 친구들이 작은 테이블과 의자를 선물해 주고 나서야 사람 사는 집이 되었다. 라면만 끓여도 홀랑 타버릴 것 같은 냄비 하나, 엄마가 어디선가 선물로 받아 온 코렐 4인 세트가 주방 살림의 전부였다. 그 말도 안 되는 냄비로 마늘장아찌까지 만들어 먹었다. 물론 그게 내 처음이자 마지막 요리였고 대부분은 근처 시장에서 감자 한두 개 사서 쪄 먹거나, 옥수수로 식사를 대체하는 식이었다. 저녁은 아예 회사에서 먹고 온 적이 더 많았다. 겨울이면 현관으로 불어오는 바람을 중문이 확실하게 막아주었다. 평온한 겨울을 보낼 수 있었지만, 그만큼 중문 밖에 있던 화장실과 욕실은 춥고 불편했다. 그래도 방이 추운 쪽보다는 화장실이 추운 쪽이 낫다고 생각했다. 나의 선택은 여러 가지로 최선이었지만 월세의 존재가 언제나 최선일 수는 없었다.

그 집에서 2년을 살았다. 강력한 화력의 가스레인지 덕에 냄비 하나를 홀랑 태워버린 것과, 욕실이 조금 작고 추웠던 것이 유일한 흠이었던 나의 첫 집. 냉방병 걸리도록 에어컨을 빵빵하게 돌려도 전기 요금은 3만 원을 안 넘고 위, 아래, 좌우 살림집 사이에 딱 끼어 있는 최상의 위치 덕분에 보일러를 틀지 않아도 크게 춥지 않은 호사를 누린 시간이었다. 급기야 내가 계약을 끝내고 나갈 때 생판 모르는 사람이 계약하는 게 아까워 주위에 독립 의사가 있는 사람들에게 전화를 돌렸으니 말 다했다.

연말이 되어 1년 치 월세를 결산해 보니 500만 원이 넘었다. 그나마 관리비도 없었고, 한 달 공과금은 한여름과 한겨울에 제일 많이 나가도 5만 원 내외였던, 나름 살뜰한 살림이었는데도 500만 원은 놀라운 금액이 아닐 수 없었다. 매달 45만 원은 내게 합리적인 선택이었지만 1년을 누적시켜 생각해 본 적이 없는 것이 문제였다. 연말정산 시즌은 나에게 위기의식을 안겨주기 충분했다. 비록 세액공제로 1년 치 월세 중 10%는 빠진다고 하지만,

결국 나머지 90%는 내가 다 낸 셈이니 절대 무시할 수 없는 돈이다. 나는 나의 월세가 내가 평온함을 느끼는 공간과 시간을 만들어주었다는 이유로 절대 아깝지 않은 돈이라 생각했지만 아니었다. 아까웠다.

2인 가구가
살 집이 필요해졌다

2016.11.

누군가가 그랬다. 원룸은 집이 아니라 방이라고. 그게 어떤 의미인지 이해하는 데 대략 1년이 걸렸다. 1년이 지날 즈음, 난 주방과 각종 기물을 마주하지 않는 '방'을 원했다. 침실은 침실로, 거실과 주방은 거실과 주방으로 구분된 공간에서 살고 싶어졌다. 그때부터 1.5룸 혹은 투룸을 찾아보기 시작했다. 어느 정도 자본을 모아야 이동이 가능한지 확인해 둘 필요가 있었다.

1.5룸은 구하기 매우 힘들었고 대부분은 신혼부부들이 살 법한 투룸이었다. 그리고 투룸은 월세보다는 전세가 더 많았다. 역에서 아주 멀면 저렴하게는 보증금 1억 5천만 원에서 역과 가까우면 2억 원까지 갔다. 그 정도 현

금이 당장 있을 리 없었다.

그러다 불쑥 결혼하게 되었다. 대학원을 통해 만난 남자친구와 결혼 이야기가 오갔다. 2016년 11월에 상견례를 했고, 2017년 4월로 날을 잡았다. 나의 월셋집 계약 만료는 12월이었다. 결혼하기 직전까지 월세를 몇 달만 살다가 이사를 할 수 있도록 집주인과 협의해야 했다. 그 와중에 우리의 결론은 어차피 이사를 해야 한다면 더 미루지 말고 '차라리 빨리 집을 구하고, 결혼 전까지 기다리지는 말자'는 것이었다.

그 모든 결정이 월세 계약 만료와 동시에 딱 떨어지는 상황은 벌어지지 않았다. 뭔가 빨리 움직여야 했는데 내가 원하는 시점에서 많이 어긋나고 있었다. 11월에는 상황 정리를 하고 12월에 이사할 수 있도록 하고 싶었는데 내 맘대로 되지는 않았다. 첫 독립은 내 한 몸 움직이는 것이었지만, 이번 독립은 남편, 남편의 가족과 연결된 독립이었기 때문이다. 게다가 나는 이미 독립했지만 남편은 그제야 독립하는 것이었다.

나의 소소한 보증금, 그사이 모은 돈, 그리고 남편이 모은 돈이 우리의 새로운 시작을 위한 자금이었다. 그렇게 계산기를 두들겨 보고 두 사람이 살 공간을 확보하기 위해 투룸으로 직진했다. 알뜰한 남편은 학창 시절부터 모은 알토란 같은 돈 5천만 원을 보탰다. 나보다 훨씬 부자였다.

　　나는 내가 사는 집도 치워야 했다. 집을 깔끔하게 정리하고 청소했다. 사람이 살고 있는 느낌을 완전히 지울 수는 없지만 모델하우스와 같은 느낌이 들 수 있도록 물건들을 최대한 어딘가에 감췄다. 2014년 독립할 때 들고 나간 모든 가구 안에 각종 짐들을 밀어 넣었다. 보통 집은 물건이 없을 때 가장 좋아 보인다. 세탁물도 너저분하게 걸려 있지 않도록 노력했다. 옷장 2칸, 책장 1칸, 테이블과 의자 2개, 침대와 작은 수납함 2개와 화장대. 그게 내 살림의 전부였다. 옵션으로 원래 있던 냉장고와 세탁기도 베란다에 있고, 책장도 중문 밖에 나와 있는 상황이라 집의 모습이 덜 산만했다.

　　이 집에 들어올 때의 상황을 복기했다. 나는 부동산에 집을 내놓았고, 피터팬 카페에도 사진을 상세하게 찍어 올렸다. 우리 집 최대 장점인 베란다와 중문의 위치와 대략적인 크기를 파워포인트로 그렸고 베란다에 어떤 기물이 있는지도 표기해 넣었다. 집의 위치도 좋았고, 너무 고요해서 무섭지도 너무 번잡하지도 않은 그런 상태라 충분히 매력이 있다고 생각했다. 커튼은 여기에 맞춰 구입한 것이니 원한다면 커튼과 화장대는 주고 갈 수 있다는 조건도 달았다. 원룸 생활을 했던 사람이라면 혹할 만한 조건이다. 그리고 예상외로 처음 집을 보러 온 사람이 바로 계약하게 되었다. 고양이를 키운다고 했고, 내가 일하는 여의도의 같은 블록 반대쪽 끝에서 일하는 사회 초년생이었다.

"그 건물 어딘지 알아요. 출근할 때마다 지나가거든요. 그럼 출퇴근 시간은 도어 투 도어 30분이면 충분할 거예요."

동물을 들이는 것을 집주인이 원하지는 않았지만 그래도 월세의 공백보다는 낫다고 생각하는 것 같았다. 다른 층에 강아지를 키우는 사람이 있어서 그나마 순조롭게 지나갔다. 화장대와 커튼은 주고 나오기로 했고, 프로 임대려였던 건물주는 계약하기 전에 그래도 어떤 사람인지 얼굴은 봐야겠다고 해서 다 같이 인사도 했다. 건물주가 마침 계약서 샘플이 있어 부동산 중개사를 통하지 않고 직접 계약을 진행했다. 나는 애매하게 2개월을 더 살고 나가야 하는 상황이어서 부동산 중개 수수료를 내가 내야 할 수도 있었는데 무난히 넘어간 셈이다.

월셋집을 내놓는 과정만큼이나 전셋집을 구하는 과정은 어렵지 않았다. 정확히 말하면 구하는 단계가 처음보다 간단해졌다. 첫 독립을 할 때는 어디로 이사할지, 어떤 형태의 거주 방식을 선택해야 할지 마음속에 가이드가 전혀 없었다. 집을 직접 보러 다니면서 어떤 형태의, 어느 지역이 나에게 맞는지 새로 찾아야 했다. 하지만 전세는 달랐다. 최소한 지역은 어디로 할지 정한 상태였고, 2인 가구가 살 수 있는 집의 형태도 그다지 다양하지 않았다. 아파트 아니면 투룸 빌라였다. 둘이 돈을 모아 보증금을 만들어야 하는 것이다 보니 언감생심 아파트는 꿈도 못 꿨다. 그래도 둘이 돈을 합하니 대출 외에 준비해야 할 금액에 대한 압박은 약간 줄어들었다. 인생 첫 대출만으로도 충분히 긴장되는데, 심지어 1억 원이 훌쩍 넘는 금액을 빌리는 것은 매우 부담스러운 일이었다.

여기에 월세 계약할 때 만났던 중개사 부장님의 태도가 우리 커플이 대하기 매우 편한 스타일이라 여러 중개사를 통하지 않고 그분에게서만 집을 구했다. 가지고 계신 매물을 보거나, 직방에서 눈에 띄는 매물의 링크를 공유해 직접 볼 수 있도록 알아봐 달라고 부탁했다. 부동산에서 연락이 오면 회사 점심시간에 택시라도 타고 가서 집을 보고 왔다. 역시 이번에도 10곳을 넘게 봤다.

투룸 빌라의 구성은 크게 이러했다. 5층 내외, 엘리베이터는 있고, 완전히 신축(첫 입주)인 경우는 제법 큰 냉장고, 세탁기, 에어컨이 기본으로 구비되어 있었다. 천장형 에어컨도 심심치 않게 있었다. 이 정도면 따로 살림을 사지 않아도 될 수준이었다. 그리고 예전에 집을 구할 때는 없었던 새로운 방식의 투룸이 있었으니, 투룸 도심형 주택이었다. 10층 이상의 고층이고, 기업형으로 추정되는 명칭을 갖고 있었다. 원룸 월세는 크기, 위치, 안전장치 등 다양한 옵션이 있었지만 투룸은 평면도도 놀라울 정도로 비슷했다. 오로지 위치와 연식으로 인한 미묘한 가격 차이뿐이었다. 신축으로 가면 갈수록 옵션도 거의 비슷하다. 문자 그대로 집 장수들이 똑같은 구조의 집을 서울 여기저기 깔아놓고 돈을 벌고 있는 느낌이었다. 우리는 그 집 장수들에게 돈을 벌어다 주는 사람일 뿐이고.

아무튼 우린 집이 필요했고 직방을 활용해 중개사 부장님께 이곳저곳 보여달라는 매우 적극적인 세입자였다. 가장 마지막에 본 집이 우리의 낙점을 받았다. 오래되었고, 좀 더 멀리 있지만 베란다가 있으며 앞이 비교적 시원하게 트여 있는 6층짜리 빌라를 선택했다. 비록 북향이었지만 바로 옆에 고등학교가 있어 운동장 쪽으로 일부 베란다 창이 나 있어서 저녁에 노을이 근사했다. 베란다에 대한 우리의 니즈를 아는 부장님의 추천 매물이었다. 당시 거주하던 세입자는 지하철과 비교적 가까운 입지, 전통시장의 활용, 베란다에 세탁기와 각종 물건을 두고 사용하면 집 안이 훨씬 쾌적하다는 것을 어필했다. 다른 층에는 없는 베란다라고 하면서. 난 어디든 이사할 때보다는 나갈 때가 중요했다. 나중에 이사를 나올 때 수월할 집을 최선을 다해 고른다면 좋은 집일 거라고 생각했다.

2살 정도 되는 아이와 부부가 살고 있는 집이었는데 왜 이사를 하냐는 말에 "아이가 뛰니까 층간소음으로 말이 너무 많아져서 집을 샀어요"라는 대답이 돌아왔다. 층간소음은 각오하고 시작할 일이었다. 비록 옵션은 없었지만 전에 살던 세입자분들이 달아놓은 에어컨을 매입하고, 그 외에 냉장고와 세탁기만 사 들고 계약하기로 했다. 계약 직전 부동산 부장님께 여쭤보았다.

"건물주 아저씨 어때요? 부자예요?"

"예. 그럼요. 관리도 철저해요."

아예 다른 곳에 출근하는 법이 없는 건물주 아저씨는 건물 주위를 매일 돌아다니면서 관리했고, 여기 외에도 다른 아파트가 또 있다고 했다. 우리는 부자인 건물주를 좋아했다. 월세 보증금은 금액이 적기라도 한데, 전세 보증금은 건물에 담보가 잡혀 있거나 하면 치명적인 문제가 된다. 필로티 구조로, 실질적으로는 8층 높이의 7층짜리 건물의 등기서류는 매우 깨끗했다. 부자인 건물주가 이 건물을 담보 잡아 새로운 사업을 시작하기 전에 확정일자를 받고 입주한다면 보증금을 확보할 수 있는 최소한의 권리는 보장된다. 물론 보장된 권리가 보증금을 즉각적으로 확보할 수 있는 가능성을 말하는 것은 아니다. 그래도 최소한 대출 사기 같은 무서운 말이 우리의 일상을 지배하는 우울한 상황은 피할 수 있지 않을까. 보증금 500만 원과 1억 8천만 원의 무게는 다르다. 건물주 바로 아래층에서 우리는 이렇게 신접살림을 시작했다.

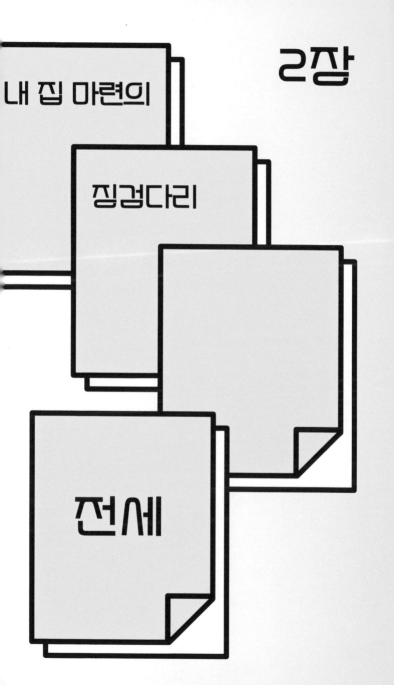

2장

내 집 마련의

징검다리

전세

전세와 대출은
이음동의어

2017.1.

우리 집은 은행 빚에 오래 시달린 역사가 있다. 우리에게 빚은 존재만으로 끔찍한 것이었다. 우연히 엄마와 이야기하다가 전세자금대출에 대한 이야기가 나왔는데 엄마의 첫마디는 이랬다.

"10원을 빌려도 빚은 빚이야. 은행은 절대 널 봐주지 않아."

엄마는 은행 대출, 사채 등 온갖 빚을 온몸으로 막아낸 사람이었다. 대출이라면 진저리를 쳤다. 그리고 비록 정기적인 수입이 있는 상태라 할지라도 대출로 무리수를 두지 말고 네가 할 수 있는 능력껏 살라는 말씀을 해주셨다. 그 말이 가진 무게는 딱 1년간 유의미했다.

월세를 낼 때는 감이 없다. 그냥 월세를 내는구나 한다. 연말정산을 할 때 1년 동안 낸 월세를 모아서 보고 있으면 세상 심란해진다. 45만 원씩 12개월. 540만 원으로 뭉쳐진 목돈이 내 손가락 사이로 빠져나갔다고 생각하니 속이 뒤틀렸다. 내가 모으려고 해도 힘든 돈이었다. 연말정산을 할 때 환급받는다고 해봐야 10% 정도다. 그러다 우연히 사회 초년생 재테크 정보를 찾아보다 '월세에서 탈출해야 하는 이유'라는 글을 보게 되었다.

1억 원을 빌려도 전세자금 대출이자는 2~3%. 한 달 월세는 평균 50만 원. 이자가 3%라고 했을 때 한 달에 30만 원 내외의 이자가 나온다. 전세 만료 후 보증금을 그대로 대출금 상환에 사용한다고 해도 월세보다 대출 이자가 저렴한 것이었다. 망치로 머리를 세게 맞는 느낌이었다. 전세자금의 20%만 확보되고, 대출 조건에 부합된다면 일반 월세의 반값에 은행에 월세를 내며 살 수 있었다. 심지어 대출 이자와 전세대출 상환 금액도 연말정산에 반영이 된다. 금액은 월세로 인한 세액공제만큼은 아니어도 제법 쏠쏠하다.

많은 사람이 원금을 갚지 않고 이자만 내면서 소액으로 전세에서 다시 전세로 이동하며 대출을 연장하고 있다는 사실을 뒤늦게 알았다. 엄마와 다시 대화를 나눴다. 사실 굳이 이야기할 필요는 없었는데, 내가 그리 비합리적인 생각을 하는 사람은 아니라는 것을 확인받고 싶었다. 나의 월세 금액은 45만 원인데 1억 원짜리 대출을 받아 30만 원이 안 되는 돈으로 이자를 내는 조건이라면 대출이란 거 해볼 만한 것 아니냐고. 엄마는 10%가 훌쩍 넘는 고리의 은행 이자를 겪은 세대였음에도, 대출 이자가 월세의 반값이라는 것에는 수긍할 수밖에 없었다. 나는 다음 계약엔 전세를 구할 생각을 하고 월급을 차곡차곡 모아야 했다.

물론 원룸 전세에도 허들은 있었다. 투룸의 경우는 좀 다르지만, 원룸의 경우는 전세대출이 불가능한 경우가 많았다. 집주인의 허락을 받아야 했기 때문이다. 법적으로는 굳이 그래야 할 이유는 없지만, 자신의 자산에 어떤 형태로든 위험 요소가 얹어지는 것을 원하지 않는 것 같았다.

금전적인 측면으로만 보면 신축 건물은 기업형 투룸과 일반 투룸 빌라가 돌아가는 구조는 크게 다르지 않다. 누군가가 대출을 끼고 건물을 분양 및 건축했고, 세입자가 내는 전세자금으로 그 대출 원금을 빨리 갚지 않으면 건물주는 꽤 높은 금리의 대출금을 감당해야 했다. 금수 저 부자라 해도 생돈이 나가는 느낌이 들어 화나고 억울할 게 뻔한 구조이다. 2억 원 가까운 돈을 빌려야 전세 보증금을 낼 수 있는 구조이니 전세대출이 안 된다는 투룸 빌라는 어디에도 없었다. 기존에 이미 전세로 굴러가고 있던 집은 다시 월세로 돌리기가 쉽지 않다. 그걸 월세로 돌리려면 현재 입주한 세입자의 전세자금을 그대로 현금으로 주어야 한다.

다시 정리하자면 대출을 일으켜 건물을 세웠고, 전세 세입자를 들임으로써 건축으로 인해 발생한 대출 원금을 전액 상환한다. 건물주는 전세 보증금을 해마다 아주 조금씩 인상하면서 물가 상승분을 커버한다. 그리고 계약기간이 다 되면 다음 세입자가 들어올 수 있도록 최선을 다한다. 다음 세입자는 크건 작건 상승한 전세 보증금을 건물주에게 전달하고, 그중 일부를 기존 세입자에게 주어 내보낸다. 결국 건물을 세울 수 있는 돈을 대출할 신용이나 담보가 있다는 전제하에, 일정 시점이 지나면 임차인의 전세자금으로 인해 임대인의 대출금이 사라진다. 그리고 새로운 임차인이 들어올 때 기존 임차인에게 진 빚을 갚는다. 그게 대한민국의 전세다. 이건 굳이 신축 빌라가 아닌, 아파트에도 똑같이 적용된다. 임차인은 임대인에게 필요한 목돈을 들고 들어가 집을 빌리고, 임대인은 그 돈으로 기존 임차인에게 진 빚을 해결한다.

그러니 전세와 대출은 떼려야 뗄 수 없는 구조이다. 당시 우리나라 전세자금대출은 대략 2가지로 나뉘었다. 정부보증 상품과 은행에서 자체적으로 운영하는 전세대출이 그것이다. 한국주택금융공사의 보증으로 운영되는 '버팀목전세자금대출'은 정부보증 상품으로 전세자금의 70%까지 대출이 가능했다. 집이 불법 가건물이거나, 대출자의 신용도가 터무니없이 낮은 게 아니라면(정규직이라면 대부분 된다) 버팀목전세자금대출은 어렵지 않게 승인이 되는 듯했다. 물론 조건은 있었다. 정부에서는 주거 안정을 위해 만 19세 이상의 무주택 세대주 중 부부 합산 연 소득 5천만 원 미만인 사람에게는 2017년 1월 기준 연 2.3~2.9% 정도의 금리로 대출이 가능했다. 서울을 기준으로 총 대출 금액이 1억 2천만 원은 넘지 않아야 하지만 그건 아주 어렵지 않았다. 여기에 결혼한 지 5년 이내의 신혼부부에게는 우대금리가 적용되어 소득에 따라 최저 1.6%까지 금리를 낮출 수 있었다.

시중 은행에서 자체적으로 진행하는 전세대출은 금

리가 2% 후반에서 3% 초반인데 그에 비해 상대적으로 대출 가능한 금액이 컸다. 버팀목전세자금대출로는 빌라 밖에 못 간다면, 은행 대출로는 아파트 전세도 꿈꿔볼 수 있었다. 물론 그도 전체 전세 보증금의 80%까지만 대출이 가능하다. 우린 총 대출액을 최대한 낮추고 싶었다. 비록 경제적으로 여유 있는 삶은 아니었지만, 그래도 빚은 없는 삶을 살았던 두 사람이 갑작스럽게 억대의 대출을 받는다는 것은 두려운 일이었다.

1억 8천만 원. 전에 살던 사람이 계약기간을 다 못 채우고 나갔고, 중개사 부장님께 그래도 조금 더 전세금을 낮출 수 있냐고 물었다. 다행히 약간의 조정이 가능하여 우리는 500만 원을 낮춘 금액으로 최종 전세 보증금을 확정했다. 대출 신청은 세대주가 해야 했다. 프리랜서로 살던 남편은 금융권에서 선호하는 직업군이 아니었다. 크든 작든 정규직으로 안정적인 급여를 확보할 수 있는 사람이 세대주여야 했다. 그래서 우리 집은 세대주가 나다. 이런저런 서류들을 간단히 챙겨 갔고 계약하고 일정 기간 이내에 혼인신고를 해야 신혼부부 우대금리를 적용해 준다는 말에 서둘러 혼인신고를 했다. 어차피 날은 잡았고, 결혼은 할 거였으니까. 왜 다들 결혼식 전에 혼인신고를 하는지 이해되었다. 조금이라도 더 낮은 금리로 대출을 받기 위해서였다.

　이미 '주택전세자금계산마법사' 사이트를 통해 시뮬레이션을 20번도 더 했다. 세대주여야 했고, 세대주 포함 세대원 전원이 무주택이어야 했다. 혼인신고를 한 지 5년 이내의 신혼부부였고, 홈택스상 신혼부부 합산 소득이 연간 6천만 원 이하였다. 입주하고자 하는 주택이 등기부등본상 주거에 적합한 주택이고, 주택 전용면적이 85㎡ 미만이었다. 연 소득을 입력하고, 우대 사항 중 신혼부부 관련 칸에 체크를 마쳤다. 전세 보증금 액수는 2억 원을 넘지 않았고 별도의 부채는 없었다. 1억 2천 300만 원가량의 대출 가능 금액이 나왔고, 우린 남은 5천만 원 내외를 만들어야 했다. 결혼자금 중 가장 중요한 돈의 규모가 확정된 것이다. 전세 보증금을 위해 빼둔 돈을 제외하고 남은 돈으로 최대한 타이트하게 결혼식과 살림을 준비했다. 세탁기와 냉장고 말고는 구입한 가전제품은 없었고, 침대는 엄마가 쓰던 돌침대를 받는 것으로 하고, 옷장이나 탁자 등 가구 사는 데 100만 원가량 든 게 전부였다.

　대출 신청을 완료하며 새롭게 들은 사실은 원칙적으로 불법 구조물에는 대출 승인이 나지 않는다는 사실이었다. 전세자금대출로 실사까지 나오지는 않으니 큰 문제가 되지 않았지만 우리가 선택한 투룸 빌라에도 불법 구조물이 있었다. 바로 베란다였다. 엄밀하게 말하면 그건 베란다가 아니었다. 건물 용적률을 맞추기 위해 위층으로 올라갈수록 계단식으로 안쪽으로 들어간 구조를 가진 건물들이 많은데, 이 계단식 구조물 위에 가벽을 세우고 베란다처럼 사용하고 있는 것이었다. 법적으로 따지면 내가 선택한 집의 베란다는 베란다가 아니었다. 다른 층에는 없는 베란다가 이 집에만 있는 것이 이상하지 않은가. 세금 문제라는데 말이다. 결국 불법이었다. 그래도 저 정도 상황은 문제 없이 지나갔고 금리 2.3%에 대출이 승인되었다. 대출이 되고 서류 작성까지 마친 상황에서 신혼부부 우대금리가 추가 인하되었고, 담당 은행원의 배려로 서류를 다시 작성해 좀 더 낮은 금리인 1.9%로 대출받을 수 있었다. 저출산 기조가 유지되는 통에 지금은 소득 기준이라던가, 대출 가능 금액 등의 기준들이 더 완화되었다.

우리는 전세자금대출을 위해 혼인신고를 하고, 청첩장 날짜와 혼인신고 날짜 중 어느 날을 결혼기념일로 해야 하는지 농담하는 부부가 되었다.

미련하게 전세대출을 갚았어요

2017.2.

저출산과 저금리가 만나 만들어낸 시너지는 위대했다. 1억 원이 넘는 돈을 빌리는 데 한 달 이자가 20만 원 내외였다. '버팀목'이라는 대출 이름은 적절했다. 버팀목 없이 삶을 이어가기는 쉽지 않다. 대출은 아무나 해줄 수 있는 것이 아니었고, 전세자금대출은 우리 삶에 매우 중요한 버팀목이 되어주었다.

혼인신고, 이사, 집 정리, 무수히 많은 택배 받기, 집들이를 겸한 청첩장 전달, 결혼식, 신혼여행까지 일사천리로 진행되었다. 혼인신고 이전에 논문 제출과 대규모 회사 행사, 집 알아보기가 동시에 진행된 결혼이었던지라 혼이 들락날락하는 시기였다. 모든 것에서 자유로워

진 것은 신혼여행을 다녀와서 한 달쯤 후였다. 저녁 9시만 되면 정신을 못 차리고 뻗기 일쑤였고, 급기야 보약을 먹어가며 체력을 보존한 후에야 겨우 혼을 되잡았다. 그러고 나서야 우리의 자금 상황이 다시금 눈에 들어왔다. 우리는 전세자금대출을 제외하고는 아무것도 가진 것이 없는 사람들이었다. 그나마 남아 있던 약간의 현금은 충동적으로 넷플릭스 주식을 매수하는 데 써버렸다. 그렇게 하고 나니 정말 매달 월급을 제외하고는 아무것도 남지 않았다. 정신 차리고 나서야 우리의 현실을 깨닫게 되었다.

우리는 자본금이 없다. 종잣돈도 없다. 보증금에 묶인 돈도 생각보다 많지 않고, 대출이 70%이다. 애초에 전세대출을 받을 때 나의 다짐은 최대한 많이, 최대한 빨리 대출을 갚아나가자는 것이었다. 투자를 하는 사람이었다면 미련한 선택이었을 수 있다. 대출 갚을 돈을 차라리 저축하고 모으든지, 주식투자 등으로 불리든지 더 많은 돈이 보증금에 묶이지 않을 방식을 선택했어야 했다. 그 생각을 한 것은 한참 나중의 일이었다. 나는 최대한 빨리 목돈을 만들어야 한다고 생각했고, 언젠가 더 큰 집, 더 나은 집으로 이사할 때 추가 대출을 받아야 할 텐데, 그러려면 기존에 갚아둔 돈이 많아야 대출을 또 받을 수 있다고 생각했다. 그렇게 1억 원을 모으고 싶었다.

지금도 후배들에게 늘 하는 이야기가 "1억 원만 만들어 봐"이다. 1억 원이라는 돈이 얼마나 말도 안 되게 큰 돈인지는 나의 얄팍한 지갑만 봐도 잘 안다. 1억 원이라니. 무려 억이라니. 하지만 언젠가 홈택스를 통해 찾아본 지난 몇 년간의 나의 총수입은 억이 훌쩍 넘는 돈이었다. 짧지 않은 사회생활, 제대로 등록된 수입은 얼마 되지 않았지만 그래도 10년이 넘어가니 1억 원은 족히 되는 것이었다. 1억 원이 남의 일이 아니라고 생각하기 시작한 건 그때부터였다. 1억 원을 만드는 것은 해볼 만한 일일 수도 있다. 최소한 거기서 시작해야 무엇을 해도 할 수 있다고 생각했다. 언젠가 엄마가 말씀하셨다.

"처음엔 100만 원, 그다음엔 300만 원, 500만 원, 1000만 원으로 모이고, 1000만 원이 모이면 3000만 원, 5000만 원, 다음엔 1억 원이야. 그 고비만 넘기면 돈은 모이게 되어 있어."

우리는 그 수많은 고비를 넘어 돈을 모아보기로 했다. 그렇게 대출을 갚는 것으로 우리는 종잣돈을 만들어보기로 했다. 그리고 그 증거로 이자가 줄어드는 기쁨을

누리기로 했다. 각종 생활비를 제외한, 저축할 수 있는 모든 돈을 대출 상환에 쏟아부었다. 월세로 나가던 돈 45만 원에서 이자가 20만 원이 줄었다. 그 말은 저축할 수 있는 금액이 늘어났다는 뜻이다. 급여도 처음 입사했을 때보다 조금씩은 늘어난다. 그 늘어나는 저축 금액을 대출 상환에 밀어 넣었다.

한동안 방치했던 통장을 엎었다. 돈이 들어오는 급여 통장, 대출 상환을 해야 하는 통장, 고정비 지출 통장, 카드 지출 통장으로 나누었다. 흔히 말하는 '통장 쪼개기'였다. 월급이 들어오면 제일 먼저 대출 이자와 상환해야 할 원금 금액을 통장에 옮겨둔다. 명절에 주는 떡값, 회사에서 지원되는 통신비, 연말 상여금 등도 무조건 대출 상환에 들어갔다. 월세에 살던 때와는 차원이 다른 압박감이 있었다.

그러나 1억 원의 빚은 나 혼자만의 힘으로 해결할 순 없었다. 나에게는 파트너가 생겼고, 나의 경제 동반자는 나보다 훨씬 더 알뜰했다. 음악을 전공했고, 악기 연주나 레슨 같은 알바로 모아둔 돈도 꽤 있었다. 무려 우리 두 사람이 쿠바까지 신혼여행을 가서 쓰고 온 돈이 다 합쳐 600만 원이 안 된다. 항공 티켓값 300만 원을 포함해서 말이다. 배달 음식을 한 달에 한 번 시키기 시작한 것도 아이가 생기면서부터다. 아직도 대부분 배달 없이 매번 조금씩 장을 봐서 밥을 해 먹는다.

남편은 돈이 생길 때마다 큰 금액씩 갚았다. 내가 상환하는 금액은 매달 꾸준한 대신 작은 금액이었는데, 남편의 상환 금액은 빈도가 잦지는 않았지만 원금을 상환하는 데 큰 역할을 했다. 그렇다고 해서 주머니를 쥐어짜지는 않았다. 평소에 잘 아끼기 때문에 버는 족족 상환하는 것이 가능했다. 나의 돈은 집안을 유지하기 위한 것이었다면 남편의 돈은 대출을 큼직하게 갚아나가는 데에 힘이 실렸다.

전세대출 상환의 즐거움은 이자 금액이 줄어드는 데 있다. 심지어 수수료가 없다. 수수료 없이 내가 번 돈들이 쭉쭉 상환으로 들어가면 이자가 10원이라도 줄었다. 아이도 없고, 사치하는 일도 없는 생활 패턴이기에 그렇게 빚을 갚고 이자가 줄어드는 것을 보는 건 꽤 큰 기쁨이었다. 매달 상환할 때마다 이자가 줄었다고 신나 하는 내 모습을 본 남편도 덩달아 신이 났다. 나의 그런 모습에 그간 모아둔 남편의 쌈짓돈들이 나왔다. 다시 은행으로 돈이 들어가고 또 이자가 줄었다. 우리는 그 후폭풍이 무엇일지도 모른 채 신나게 돈을 갚았다.

대출을 갚는 즐거움은 하나가 더 있다. 바로 연말정산에 소득공제 항목으로 반영이 된다는 것이었다. 물론 월세도 가능한 부분이다. 엄밀히는 월세는 세액공제 항목이고, 전세자금 대출 원금 및 이자 상환액은 소득공제 영역이다.

소득공제와 세액공제는 차이가 있다. 소득공제는 1년간 노동자가 지불했어야 했던 세금을 계산하는 근거 금액인 '과세표준'을 확정하기 전에 계산이 되어 과세표준에 영향을 미치는 항목이라면, 세액공제는 1년간 냈어야 할 소득세 총액이 확정된 후에 공제 금액만큼 차감해주는 방식이다.

전세자금 대출 원금과 이자 상환은 '주택임차차입금 원리금상환액'이란 항목으로 소득공제 방식으로 연말정산에 반영된다. 단 조건이 있다. 노동자가 세대주여야 하고(만약 세대주가 같은 조건으로 소득공제를 받지 않았다면 세대원도 적용 가능) 집의 규모도 전용면적 85㎡ 이하의 주택(주거용 오피스텔 포함)이어야 한다.

물론 주택청약예금 불입을 하고 있다면 주택청약 금액을 포함해서 300만 원까지일 뿐이지만. 소득공제 영역에 들어가 있다는 것은 왠지 월세보다 전세가 좀 더 삶의 필수적인 요소처럼 느껴졌다. 이 와중에 난 청약도 한 달에 20만 원씩 저축하고 있었다. 굳이 그럴 필요는 없었는데, 왠지 청약으로 목돈을 만들어보고 싶었다.

1년이 거의 다 됐을 무렵, 무려 원금의 절반을 갚았다는 사실을 깨달았다. 남편의 쌈짓돈은 강력했다. 쥐어짠다는 느낌을 받지는 않았지만 '돈 모으자' 말고는 아무 생각 없이 시간이 지났고 빚이 거의 절반으로 줄어들었다. 혼자였으면 기약이 없었을 일도 둘이 하니 끝이 보이는 기분이었다. 그 돈을 빚 갚는 데 쓰지 않고 넷플릭스나 아마존 주식 같은 데에 투자했더라면 더 많은 돈을 모을 수 있었을 것 같은데 고지식한 우리는 그렇게 미련하게, 굳이 전세금에 현금을 묶어가며 1년을 버텼다. 그렇게 다음 단계를 준비했다. 빚을 갚는 즐거움이 언젠가 큰 괴로움과 위기로 올 수 있다는 것을 그때는 미처 몰랐다는 게 문제였을 뿐. 그 순간은 매우 즐거웠다. 인생의 첫 빚이었고, 그렇게 큰 빚은 무서웠으니까.

다음 계약에는
무조건 집을 살 거야

2017.6.

대출 상환을 고집한 건 집을 사고 싶어서였다. 계기는 아주 우연히 찾아왔다. 우편번호 검색을 하려고 집 주소를 썼는데 각종 정보들이 연달아 링크로 떴다. 호기심에 그 링크를 클릭했다가 보게 된 것이 내가 당시 살던 다세대 빌라의 전세가 실거래 흔적이었다. 한국감정원이나, KB리브온 같은 곳에 정식으로 올라온 데이터도 아니었다. 누군가가 짜깁기하듯 모아둔 사이트였는데 6년 된 이 집에서 첫 세입자의 보증금은 1억 원이었다. 그리고 해마다 평균 1천만 원이 올랐고, 내가 들어갈 때는 이미 1억 7천만 원이 넘는 상황이었다. 그래도 지하철역 도보 5분 거리라는 점을 감안하면 괜찮은 가격이라 생각하고 들어왔던 집이었다.

이 건물에 대해 시뮬레이션을 해보았다. 아마도 돈이 많았을 건물주 아저씨. 우리 집 위층에 살며 아침저녁으로 건물 관리 말고는 다른 일을 하지 않으셨다. 건물 전체가 다 전세일 텐데 무엇으로 먹고살까 생각했던 적이 있었다. 아마도 다른 건물에 월세를 주지 않았을까?

땅이 있었거나 혹은 땅을 샀고, 이 땅에 건물을 세워야겠다고 마음을 먹은 후, 가지고 있던 다른 자산을 담보로 은행에서 대출받아 빌라를 지었을 것이다. 그리고 다른 건물주들이 그런 것처럼, 전세 세입자를 받아 대출금을 메꿨을 것이다. 똑같은 구조로 10개의 세대를 만들었고, 가격은 다 1억 원이었을 것이다. 그럼 이 건물주의 건물 대출금은 그 전세자금 10억 원으로 끝냈을 것이다. 그리고 해마다 1천만 원이면 전세 보증 기간을 2년 잡고, 한 집에 2천만 원씩 매해 올리며 세입자를 받았을 것이다. 그렇게 늘어난 자산으로 또 다른 부동산을 샀거나, 차차 월세로 바꿀 준비를 했을 수도 있다. 세입자들의 전세 보증금은 세입자 간의 돌려 막기 구조이니까. 어차피 전세를 돌리는 이상 건물주 아저씨가 들이는 돈은 관리비 말고는 없다. 그럼 이 사람은 앉은자리에서 매년 1억 원씩 벌었다. 조금의 고생과 소소한 관리 노동만으로.

생각이 거기까지 미치자 갑자기 억울해졌다. 전세는 남의 배를 불리는 일일 거라고 생각하지 못했다. 전세 살면 적어도 손해는 안 본다고 생각했다. 아니었다. 월세보다 확실하게 누군가의 주머니를 불려주는 역할을 하고 있었다. 월세는 이사하기라도 쉽지 전세는 보증금 액수가 커서 넣고 빼기가 간단하지만은 않다. 비슷한 신축 건물은 또 끊임없이 올라가고 누군가는 6년 된 건물보다는 돈을 좀 더 내더라도 신축 건물에 살길 원할 테니까.

이런 생각을 하게 된 건 신혼여행을 다녀와서 한 달쯤 후였던 것 같다. 그래서 남편에게 말했다.

"이 집 전세 계약 끝나면 그땐 무조건 집을 살 거야."

난데없는 나의 선언에 남편은 당황하는 듯했지만 상관은 없었다. '내 집'에 대한 욕구는 그에게도 있었으니까. 그게 2017년 6월이었다. 사람은 누울 자리를 보고 다리를 뻗는다는데, 나는 누울 자리를 만들고 다리를 뻗는 사람이다. 시작은 공부였다. 그게 뭐든 일단 공부해서 내가 들어갈 판이 무엇인지는 알고 시작해야 한다. 왜 우리는 저 돈을 주고 저 집을 사야 하는가에서부터 시작했다.

어릴 적 집에서 큰 사기를 당해 당시 엄마가 장만했

던 작은 집이 홀랑 날아간 적이 있었다. 뒤늦게 당시 빚의 규모를 듣고 내가 한 첫마디는 "겨우 2천만 원?"이었다. 어려서 좋아했던 과자가 '참 크래커'였다. 나름 비쌌던 과자였고 300원이었다. 지금 그 크래커의 가격은 2,800원이다. 상자가 커지고 거창해졌지만 알맹이를 생각하면 예전과 용량 차이는 거의 없다. 300원짜리 과자가 2,800원이 되기까지 30년이 걸린 셈이다. 친구랑 술을 먹다가 우연히 알게 된 사실은 1990년 전후 강남 대치동의 은마아파트 분양가가 2천만 원 언저리라는 것이다. 은마아파트. 요즘엔 30억 원이 넘는 아파트가 30년 전에 2천만 원이었다. 300원짜리 과자가 2,800원이 되고, 2천만 원짜리 아파트가 30억 원이 된 것이다.

여기서 생각해 봐야 할 것은 과자는 최소한 생산 비용이라는 변화 요소라도 있지만, 건물은 지으면 추가적인 변형이 거의 힘들다는 점이다. 심지어 부동산은 감가상각이라는 것이 존재한다. 모든 물건은 영원할 수 없고, 세상에 내놓는 순간 손상되기 시작한다. 건물이 손상되는 정도는 말할 것도 없다. 그러니 가격이 상승하는 것은 건물의 물리적인 가치로 인한 가격 상승이라고 볼 수 없다. 그러면 왜 가격이 오를까에 주목하다가 '인플레이션'

이라는 단어가 눈에 들어왔다.

집을 사야겠다고 결정하기 전, 수많은 자료를 읽으면서 이렇게 결론을 내렸다. '집값이 비싸지는 게 아니다. 인플레이션으로 빠르게 화폐가치가 떨어지는 것이다. 그러니 더 큰 대가를 치르기 전에 집을 사야 한다.' 오늘 내가 사는 집과 지하철 도보 1분 거리의 집과의 차이는 가치의 차이라고 볼 수 있지만, 5년 전 집값과 오늘 집값의 차이는 인플레이션이라는 게 나의 결론이었다. 그러니 인플레이션에 대비해 자산을 매입하는 것이 필요하다. 이걸 전문 용어로 '헤지'라고 한다. 화폐의 가치는 떨어지지만 실물은 사라지지 않는다. 그러나 전세나 월세는 다르다. 집의 상태가 집값에 어느 정도 반영되기는 해도 전세나 월세가가 마구 올라가지 않는다. 어느 정도의 평균적인 가격 상승은 있지만. 그럼 하루라도 빨리 집을 사야겠다는 생각이 들었다. 그렇다면 우리는 어떤 집을 사야 하는 것인가? 어떤 집을 사야 후회하지 않을 선택이 될 것인가?

쇼핑을
시작합니다

2017.7.

내게 일상의 모든 것은 '쇼핑'으로 귀결된다. 결혼식 준비도 결국 끝없는 쇼핑의 연속이었다. 드레스를 쇼핑하고, 반지를 쇼핑하고, 한복을 쇼핑하는. 쇼핑은 언제나 즐거운 행위니까 힘든 일일수록 쇼핑과 결부시키는 것이 나의 버릇이 되어버렸다. 월세도 전세도 그렇게 쇼핑하듯 해치운 나였지만, 집을 쇼핑하는 것은 다른 문제였다.

빌라 전세도 2억 원이 필요한데 대체 집을 사려면 얼마나 많은 돈이 필요한지, 어디서 어떻게 어떤 집을 사야 하는지 몰랐다. 그때부터 본격적으로 공부했다. 신문 기사들을 읽어보고, 정보량이 많은 부동산 카페에 가입하고, 집을 사려면 어떤 기준으로 골라야 하는지 찾기 시작했다. 언젠가 지나가면서 우연히 발견한 좋아 보였던 동네들, 한 번쯤 들어봤을 괜찮다는 동네, 지금 내가 사는 동네, 어릴 때 살던 동네. 궁금한 것이 한둘이 아니었다. 큰 쇼핑을 해야 하는 만큼 공부도 더 많이 필요했다. 자산 가치가 빠르게 상승하는 것은 고사하고, 최소한 하락하지 않을 집을 사야 하니까 말이다.

먼저 서울시 지도를 펼쳤다. 늘 좋다는 이야기만 들었던 대치동, 목동, 소위 강남 8학군부터 광장동, 반포, 여의도, 마포, 중계동 등 살기 좋다는 동네들을 뒤져보았다. 왜 이 동네는 그렇게 인기가 있고 사람들이 많이 사는지 궁금해졌다. 사람들이 좋다고 하는 데는 분명히 이유가 있을 것이다. 그 이유가 내 인생에 얼마나 영향력이 있는지 확인하고 싶었다. 지도에 궁금했던 모든 동네의 시세를 찾아보고, 부동산 카페에 해당 지역을 검색해서 올라온 글들을 확인했다.

좋은 동네의 기준은 여러 가지가 있지만 내게는 크게 3가지로 결론이 지어졌다. '일자리, 교육, 교통'이다.

일자리

직주근접과 상권. 일자리의 중요성과 가치를 설명

하는 2가지 단어이다. 직주근접이란 일하는 곳과 사는 곳이 가깝다는 뜻이다. 출퇴근을 해본 직장인이라면 이해할 것이다. 출퇴근을 위해 길거리에 뿌리는 시간을 돈으로 환산한다면, 월급을 낮추더라도 좀 더 집과 가까운 곳에 있는 회사를 선택하고 싶은 마음을. 혹은 월세를 조금더 내더라도 회사와 가까운 곳에 자리 잡고 싶은 마음을. 직주근접의 가치는 그런 것이다. 직장이 자리한 곳과 가까운 곳에 삶의 터전을 잡고 싶은 사람의 마음은 같은 것이다. 너무 가까워도 피곤하고, 1시간을 넘어가도 지친다. 도어 투 도어 30분이라는 출근 시간의 가치를 어찌 모를까.

서울을 기준으로 대표적인 일자리 집중 지역은 광화문, 여의도, 강남을 들 수 있다. 서울을 두고 이 3개 지역을 잇는 삼각 지대. 이 3곳이 핵심이다. 그러니까 서울에 사는 꽤 많은 사람들은 아침저녁으로 광화문, 여의도, 강남으로 갔다가 다시 그곳에서 집으로 돌아간다. 그럼 이 사람들은 어디서 살고 싶을까? 개인 사정이나 여러 이슈를 제외하고 1차원적으로 생각해 보자. 많은 사람들은 양질의 일자리를 원하고, 그것을 향해 이직한다. 그럼 서울에서 양질의 일자리가 몰려 있는 세 지역의 가치는 얼마나 될까? 물론 베스트는 해당 지역에 사는 것이다. 예상하는 것처럼 광화문, 여의도, 강남에서의 거주 비용은 엄청나다. 그리고 이 세 지역에 빠르게 도달할 수 있는 지역역시 거주 비용이 많이 든다. 그 말은 거주 가치가 높다는뜻이다. 나도 원하고, 다른 이들도 원하는 지역. 그런 지역이 좋은 지역이다. 사람이 많이 모이면 자연히 상권은발달한다. 강남대로의 상가 월세가 억 단위인 것도 이 때문이다.

교육

대한민국의 높은 교육열은 전 세계적으로 유명하다. 외국에서 유학하다가도 방학 때 외국보다 더 좋은 과외를 받을 수 있는 한국에서 보충 수업을 듣는 나라다. 맹모삼천지교의 나라. 서울에서 맹모가 가장 원하는 지역은 대치동과 목동이다.

서울에서 가장 주목받는 학군은 강남교육청이 관할하는 소위 8학군이다. 그와 쌍벽을 이루고 있는 지역은강서교육청 관할의 목동. 이 외에도 중계동, 광장동, 잠실등 학군으로 주목받는 지역들의 공시지가 증감률 현황을보자. 대부분의 지역이 공시가격이 높은 비율로 올라갔다. 그 말은 시가가 매우 높게 뛰었다는 뜻이다.

서울만의 상황은 아니다. 경기도 안양의 평촌, 대구의 수성동, 광주의 봉선동도 서울 못지않은 집값이 형성되어 있다. 소위 상위권 대학을 많이 보낸다는 좋은 고등학교에 배정받을 수 있는 지역으로 이사를 가고, 그 연장선상에서 중학교와 초등학교 학군을 고민한다. 대한민국의 맹모들은 부동산 가격도 함께 쥐고 흔드는 위대함이 있다.

대학에 다니면서 막연하게 저 동네 좋아 보인다 싶었던 광장동도 꽤 손꼽히는 학군이었다. 그리고 역시 집값은 비싸고 말이다.

교통

직주근접과 학군을 이해했다면 이제 이 둘을 어떻게 엮어야 하나 고민해야 한다. 자가용으로 이동하는 것은 논외로 한다. 대중교통, 특히 지하철에 주목해야 한다. 누구나 한 번쯤 '맥세권', '스세권'을 들어봤을 것이다. '역세권'에서 파생된 단어로, 맥도날드나 스타벅스 카페가 인접해 있는 지역을 뜻한다. 역세권, 즉 지하철역에서 도보 이동이 가능한 거리. 내게 도보 이동의 최대치는 10분 정도다. 지하철로 출퇴근해야 하고, 학교에 가야 하고, 학원도 가야 한다. 가장 빠르고, 깨끗하고, 저렴한 교통수단이 서울에서는 지하철이다. 지하철의 인프라를 설치하는 데 얼마나 큰 비용이 들었을까. 1980년대 1호선에서 시작해 서울에 하나씩 세우기 시작한 지하철은 이제 9호선을 뛰어넘어 '김포선', '경의중앙선' 같은 이름으로 존재하는 지하철까지 보게 되었다. 서울의 주요 업무지구와 학군을 지나가는 지하철은 단시간에 가장 많은 인원을 수송할 수 있는 교통수단이다.

꼭 집을 사지 않아도 내가 거주할 집을 찾다 보면 알 수 있다. 역세권이 얼마나 위대한 말인지. 부동산에서 역세권, 지하철역 도보 10초라고 말하면 1분 이내 거리에 지하철이 있다는 뜻이고, 도보 5분이라고 말하면 최소 7~10분 이내에 지하철을 탈 수 있다는 뜻이다.

이 외에도 '한강 뷰', '숲세권', '팍세권' 등 많은 요소를 고려하여 집을 고르지만, 나는 위의 3가지가 가장 핵심적인 요소라고 파악했다. 그리고 그 3가지가 가진 가장 절대적인 가치는 바로 '입지'다. 지하철은 한번 설치하면 바꿀 수 없다. 오피스가를 통째로 옮길 수도 없고, 학교를 당장 이동시킬 수도 없는 노릇이다. 이미 모든 설비는 그곳에 있다. 그럼 내가 살 곳을 내가 원하는 가장 중요한 포인트와 가까운 곳에 있게 하는 것이 핵심이다. 첫째도 입지, 둘째도 입지, 셋째도 입지였다.

여기서 또 생각해야 하는 것은 바로 '감가상각'이다. 내가 부모님과 살던 아파트는 1994년에 완공된 아파트였다. 우리가 그 아파트에 들어간 시기는 2003년이었으니 나름 10년 이내에 꽤 괜찮은 때 입주한 것이다. 비교적 새것이었고, 주위에 다른 아파트들도 비슷한 시기에 지어졌었다. 지금은 그 아파트가 25년이 훌쩍 넘은 늙은 아파트가 되었다. 언제가 될지 모르겠지만 언젠가 아파트를 다시 지어야 하는 상황이 생길 수도 있다. 그럼 건물의 가치는 완전히 사라진다.

그리고 그곳엔 오직 '땅'만 남는다.

그렇다. 땅이다. 집을 고를 때는 예쁜 인테리어가 아니라 땅을 선택해야 하는 것이다. 언덕에 있는지, 물가에 있는지, 지하철과 가까운지, 회사와 가까운지, 학교와 가까운지. 그 모든 것들의 중심엔 땅의 위치, 즉 '입지'가 있다. 건물의 가치는 언젠가 소멸하지만 땅의 가치는 영원히 사라지지 않는다.

실제로 아파트들을 둘러보다 보면 아파트에 '대지 지분'이라는 것이 있다. 좁은 땅덩어리에 높게 건물을 세워 그 좁은 땅을 아파트에 사는 사람들이 나누어 이고 지고 사는 것이다. 그럼 단독주택은? 나눠서 땅을 살 사람이 없다. 내가 온전히 땅을 매입해야 그 위에 건물을 지을 수 있다. 그래서 아파트는 대지 지분이 매우 적고, 단독주택은 주택 외에 담이 둘러싸인 모든 공간의 지분을 소유하게 된다. 아파트는 땅보다 건물을 사는 것이고, 단독주택은 땅을 사는 것이라고 보면 된다. 낡은 건물이 의외로 수십억의 가치를 가진 것을 종종 볼 수 있는데, 그건 건물의 가치라기보다는 땅의 가치가 더 많이 반영되었다고 생각하면 된다.

결론은 땅이다. 땅을 사는 것이다. 집 쇼핑에서 제일 중요한 것이 '땅'이라는 것을 깨닫는 데 나는 무려 한 달 남짓의 시간을 보냈다.

**돈도 없고
대출 한도도 줄었는데요**

2017.8.

서울 곳곳의 아파트 가격과 어디가 주거하기 괜찮은
지, 어디가 투자가치가 높은지 등의 이야기를 보고 듣던
중이었다. 나는 그저 평범한 사람이었고, 내가 살 수 있는
수준의 집은 부모님과 10년을 살던 서울 강서구 염창동
의 아파트 단지 정도라는 것을 깨달았다. 거짓말 좀 보태
면 지하철까지 도보 10분 이내인 한강 변 아파트 중에 그
단지가 가장 저렴했다. 가성비가 최고라는 이야기였다.

갭투자의 성지라고 불릴 만큼 한때 1천만 원만 있어
도 집을 살 수 있을 정도로 전세가가 높던 동네다. 아마도
엄마가 집을 사던 시점 이후 몇 년은 계속 그랬던 것 같
다. 엄마도 처음부터 전액을 다 주고 그 집을 샀던 건 아

니라고 알고 있다. 전세를 끼고 집을 샀고, 들어와서 대출로 전세금을 내줬을 것이다.

결론적으로 내가 갈 수 있는 아파트는 이미 낡은 아파트뿐이었다. 그리고 언젠가 태어날 아이와, 재택근무를 하는 남편을 위한 공간을 확보하려면 방 3개, 화장실 2개인 30평대 아파트가 최소한의 주거 조건이었다. 여기에 여의도로 출퇴근 시간 30분은 너무나도 매력적인 요소였다. 마곡이 이미 개발에 들어간 시점이었고, 소위 베드타운으로도 유의미한 지역이라는 평가가 있었다. 그런 조건을 떠나서 나는 익숙한 지역이 더 편했다. 물론 지금 생각하면 바보 같은 생각이었지만 말이다.

아무튼 염창동의 적당한 위치의 아파트 가격은 당시 이렇다 할 변화 없이 잔잔하게 흐르고 있었다. 평균 시세 4억 3천만 원, 최저 시세는 3억 원대로 내려가는 가격이었다. 2년 동안 1억 원이 오른 게 용할 정도로 조용한 동네였다.

4억 5천만 원이면 전세자금대출을 열심히 갚아서 종잣돈을 마련하고, 1년 후에 한 5천만 원이나 오를까? 그렇게 되면 대출은 집값의 70%까지 받을 수 있다고 하니까 전세 보증금만 착실하게 갚아나가면 집을 살 수 있을 것 같았다. 나에게는 아예 실행 불가능한 일은 아닌 것처럼 느껴졌다. 하면 된다. 그래서 기세 좋게 남편에게 선언했다. 2년 후엔 집을 사자고. 대출이라는 게 한번 받아보니 별거 아니었다. 간을 키우는 데 아주 큰 도움이 된다. (지도상이지만) 서울 시내 안 뒤져본 동네 없고, 안 찾아본 아파트 없었다. 이제 여의도로 이동이 순탄한 웬만한 아파트 단지들은 머릿속에서 그림이 그려졌다. 강남 8학군까지는 바라지도 않는다. 그냥 이 정도 집이면 살수 있을 것 같고, 어떻게든 노력하면 될 것 같다는 결론을 내린 건 2017년 7월 말이었다.

집을 사자. 그렇게 마음먹은 지 이틀 만에 정부에서 새로운 주택 가격 안정 정책을 내놓았다. 서울 시내에 쓸만한 구들은 투기지역으로 묶였고 마곡이 있다는 이유로 강서구도 투기지역으로 묶였다. 이 지역에서 건물을 사려면 대출은 전체 건물가액의 40%까지밖에 안 나온다고 했다.

그럼 5억 원의 집을 사려면 최소한 3억 원은 이미 가지고 있어야 한다는 뜻이다. 1억 원까지는 어떻게든 모아보겠는데, 3억 원은 무슨 퀀텀 점프도 아니고 내겐 말이 안 되는 금액이었다. 부동산 카페에서는 '사다리 차기'

라는 말이 많았다. 사다리 차기. 정확하게 나를 두고 하는 말이었다. 빌라에서 살다가 아파트 좀 살아보겠다는데 그걸 못하게 막는 것인가. 현금이 있어야 집을 산다는 말이 아닌가. 우리 같은 사람은 10년을 죽어라 아껴도 1억 원 모으기 힘들다며 내적 아우성을 쳤다.

정부의 정책에 이렇게 손이 벌벌 떨려본 적은 처음이었다. 나는 정책과 먼 삶을 사는 사람이라고 생각했는데 아니었다. 나도 이제 저 세계에 들어가는 사람이어야 했다. 내가 그런 삶을 시작했다. 하지만 집을 사겠다고 생각을 정리하고 나니, 정책이 바뀌고 집을 살 수 없게 되었다. 마음이 비워지지 않았다. 나는 마치 사지도 않은 집을 벌써 잃어버린 듯한 상실감이 들었다. 왜 벌써 길거리에 나앉는 느낌이 드는지는 나도 모르겠다. 그때의 참담함은 아직도 잊히지 않는다.

이 달 안에 계약하고, 상반기 안에 이사할 거야

2018.3.

　　서울에 쓸 만하다는 괜찮은 아파트들은 가격이 급등하기 시작했다. 정부에서 지정한 투기지역은 마치 '투자'에 좋은 지역임을 인증하는 KS마크와도 같았다. 그래도 염창동에는 그런 여파가 없겠지 했지만 착각이었다. 하루가 다르게 시세가 변했고 나는 심란함을 감출 길이 없었다. 네이버에 기재된 시세는 믿을 수 없다는 말에 전셋집을 구해준 부동산 부장님께 전화를 드려 넌지시 시세를 물어봤다.

　　시세는 드라마틱하게는 아니어도 나에게 유의미하게 변화하고 있었다. KB리브온 같은 사이트는 있는 줄도 몰랐다. 네이버 시세는 한국감정원이나 KB리브온보다 훨씬 더 충동적으로 움직이고 있었다. 2017년 겨울에 물어본 아파트가 2018년 3월 또 2천만 원이 올랐다. 시세일 뿐이라고 해도, 가격 오름세가 계속되는 것을 본 건물주라면 누구라도 가격을 올리고 싶지 않겠는가. 소득 없는 통화를 끝내려는데 부동산 부장님이 희망을 던져주셨다.

"그런데 방법이 하나 있어요. 제가 그 방법으로 지난주에 은행에 문의해서 이번에 매매 계약을 했어요."

바로 대출을 2가지 받는 것이었다. 시세 5억 원 이하의 집은 주택금융공사에서 운용하는 '내집마련디딤돌대출'과 '보금자리론' 2가지 대출을 다 일으켜 대출받으면 최대 70%까지 대출이 가능하다는 것이다. 디딤돌 대출에서 2억 원을 받고 모자란 돈은 보금자리론에서 추가로 대출받는 방식이다. 물론 소득 상한선 기준은 존재했다. 부부 합산 소득 6천만 원 미만일 것이 전제 조건이었다. 그건 맞추는 게 가능할 것 같았다. 난 월급을 받는 직장인이었지만, 연차에 비해 연봉이 터무니없이 적은 문화예술 계열 비영리 사단법인에서 일하고 있고, 남편은 사업자라 공제 요건들이 많아서 종합소득세상 소득은 상대적으로 적게 잡히는 편이었다.

그러니까 5억 원 이하의 아파트를 구하는 게 관건이

었다. 당장 부동산 앱을 켜고 대출을 받을 수 있는 아파트 단지를 물색했다. 이날 나의 패착은 입지의 중요성을 그렇게 공부해 놓고 정작 집을 사려고 할 때는 출퇴근이 가능한 지역 안에서 벗어나지 않았던 것이었지만 말이다.

희망이 생겼고 나는 다시 공부를 시작했다. 반경은 정해졌다. 염창동. 수많은 아파트 중 우리 집이 어딘가 한 곳은 있을 것이라는 생각이 들었다. 부동산 부장님께 감사를 드리며 그때부터 대출 상품을 2가지 다 받을 수 있는 가격대의 아파트가 매물로 나올 때마다 연락받기로 했다. 하지만 나는 안일했다. 그런 놀라운 소식을 듣고도 그저 네이버 부동산 페이지나 들락거렸다. 시세가 다시 2~4천만 원이 오르는 동안 아무것도 하지 않고 가만히 있었던 꼴이었다. 한 달 사이에 마음속 원탑 아파트의 시세가 2천만 원이나 올랐다는 사실을 듣고 나서야 '앗, 뜨거워'를 외친 나는 남편에게 이 뜨거움을 그대로 전했다.

"나는 이번 달 안에 계약을 할 거고, 상반기 안에 이사할 거야."

집을 살 거라는 이야기는 진작 했지만, 그래도 전셋집이 한 텀은 지나고 난 다음에 이사할 거라고 이야기했던 터였다. 그 말을 뱉은 지 6개월 만에, 그리고 당시 살던 전셋집에 들어간 지 거의 1년 만에 내린 결정이었다. 내가 한다면 하는 사람이라는 것을 아는 남편은 얼떨결에 고개를 끄덕였고, 다음 날 아침 바로 강서구의 가양역부터 훑기 시작했다. 늘 그랬듯 부동산은 발품이다. 최소한 지금은 내가 아니라 나와 함께 삶을 살아나갈 사람도 동의하는 집을 사는 것이 중요했다. 9호선 라인을 필두로 아파트 단지를 하나하나 훑어나갔다. 이미 마곡 지역은 핫해질 대로 핫해진 상태였고, 나의 예산으로 마곡에 가는 것은 불가능했다. 일단 9호선 라인인 가양역에서 도보로 이동할 수 있는 거리 중 가장 멀리 있는 아파트부터 직접 단지 근처를 살펴보았다.

소위 말하는 '임장'의 시작이었다. 사실 임장을 하면서 무엇을 어떻게 확인해야 하는지는 정확히 모른다. 지금도 제대로 모르는 것을 그때라고 알 리 없었다. 그저 우리는 우리가 필요한 방식으로 공간을 둘러보았다.

우리의 조건은 3가지였다. (그때는 몰랐지만) 조만간 태어날 아이를 위해 방이 3개, 화장실이 2개인 30평대 아파트일 것, 9호선에서 도보로 이동이 가능할 것, 인근에 유흥 시설이 없을 것. 그 기본 조건을 충족시킬 아파트 자체는 많았다. 염창동은 중학교까지 학군도 괜찮다는 평가를 받는 동네였다. 지하철과도 거리가 멀지 않고, 염창역까지 도보 이동이 가능하다면 강남까지 지하철로 22분이면 도달할 수 있는 엄청난 메리트를 가진 동네였다. 다만 예산과 맞는지가 중요할 뿐.

이미 알고 있었다. 그 일대에는 한강 변에 내가 원하는 조건을 충족하면서 예산도 맞는 아파트는 내가 현재 사는 아파트 말곤 없을 거라는 사실을. 많은 아파트의 매매가가 5억 원을 넘기고 있었다. 최악의 경우, 다운 계약서라도 써서 현금을 내고 들어가야 할 수도 있었다.

가양역에서 가장 먼저 만난 아파트는 강서한강자이였다. 살짝 걷기는 하지만 인근에 9호선이 있었고, 마곡과 가까운 아파트 중 가장 새것이었다. 하지만 예상대로 시세는 내가 범접할 수 없는 상황이었다. 그렇게 가양역부터 평수와 금액 2가지 필터를 써서 도출되는 아파트들을 찾아가기 시작했다. 물론 괜찮아 보이는 아파트들도 둘러봤지만 대부분 예산에 걸렸다.

그렇게 몇 시간을 골목 구석구석 걸어 다녔다. 2017년 겨울 시세를 보면서 한 걸음만 더 빨리 걸었으면 더 저렴하게 내 집을 구할 수 있었을 것텐데. 더 넓은 선택의 폭을 갖고 더 좋은 입지에 집을 구할 수 있었을 텐데. 이럴 줄 알았으면 어떻게든 결혼할 때 집을 살걸. 별의별 생각이 다 들었다. 하지만 우리는 최대한 우리 힘으로 살아가고 싶었고 정말 우리가 하나하나 일궈나가고 있었다. 만약 그때 집을 샀다면, 아마도 어른들께 큰돈을 빌렸어야 했을 것이다. 우린 그런 부담스러운 상황을 만들고 싶지 않았다. 갭투자를 알던 시절도 아니었다.

A 아파트는 지하철에서 너무 떨어져 있고, B 아파트는 브랜드가 너무 안 알려져 있었다. 그런데도 둘 다 예산을 넘어서기 일쑤였다. 걸어 다니는 내내 부동산이 보일 때마다 문을 두드리고 우리가 구하고자 하는 조건을 이야기했지만, 이미 그 동네도 5억 원으로 집을 구하는 것은 쉽지 않아 보였다. 언젠가 월세를 구할 때와 비슷한 상황이었다. 내가 생각했던 예산보다 전체적인 예산이 높아 어느 정도는 포기해야 하는 상태였다.

그렇게 하루를 꼬박 동네를 헤집고 다니면서 "그 조건으로는 없어요"라는 거절의 말을 수없이 들어가며, 미묘한 무시와 모멸감을 견디고 마침내 염창동의 끝에 도착했다. 가장 끝에 있는 염창 동아3차아파트는 염창역과 가장 가까운 아파트이자 한강 영구 조망권이 확보된 아파트이다. 그 단지 역시 우리가 손댈 수 없는 가격이었다.

그래도 혹시 모르니
들어가 보자

2018.3.

더는 돌아다니기도 힘들었다. 말이 쉽지 지하철역 3개를 잇는 거리를 직선도 아니고 골목 사이사이 누비고 돌아다녔다. 오전부터 해질녘까지 쉬지 않고 걸었다. 부동산이 보일 때마다 묻고 또 물었다. 그 돈으로 뭘 거냐는 뉘앙스에도 지쳐 있었다. 사람을 상대하는 사람이라고 해서, 모두가 전셋집을 구해주신 부장님 같은 스타일은 아니었다. 뭐 저런 사람이 영업을 하나 싶은 부동산 중개사도 많았다.

"여기가 끝이야. 이제 여긴 더 뭐가 없어."

결국 남편에게 말했다. 돌아가자고. 그렇게 돌고 돌아 길만 건너면 한강인 곳까지 도착해서야 나는 포기를 외쳤다. 너무 힘들었다. 그러다 어둑해진 길가에 불이 켜진 부동산 하나가 보였고, 우린 진짜 마지막이라며 그 문을 열었다. 엄마랑 10년을 살던 아파트 단지 바로 앞에 있는 부동산이었다. 내 기억이 맞는다면 우리 집이 처음 이사 들어갈 때부터 거기 있었던 곳이다. 살면서 한 번도 문을 열어본 적이 없지만 그날은 그렇게 지친 마음으로 문을 열었다. 제법 나이가 있어 보이는 중개사분이 앉아 계셨다. 우린 조건을 말했고, 그분은 말했다.

"1층이긴 한데, 예산은 딱 맞아요. 4억 7천만 원."

나는 1층이라 싫다고 했고, 남편은 그래도 기왕 왔으니 한번 보기나 하자고 했다. 6시가 지나가고 있을 무렵이었다. 세입자가 있었고, 우리가 이사를 한다면 기존 세입자가 나가는 시점과 맞물려 일정을 정해야 했다. 7월경에 전세를 뺄 예정이라고 했고, 어차피 우리도 전세를 중간에 빼야 하는 상황이라 일정이 타이트한 것보다는 여유 있는 것이 좋았다. 내가 목표했던 상반기 이사에도 가까웠다.

무엇보다 예산이 맞지 않은가! 5억 원이라는 금액은 사실 대출이 가능한 상한선이었지, 우리에게 여유 있는 금액은 아니었다. 그렇게 대출을 2건이나 받음에도 불구하고 여전히 부담되었다. (미련하게) 대출 원금 균등으로 상환 계획을 잡고 대출 시 계산기를 두드려 보니 내 급여 실수령액의 절반 가까이를 대출 원리금 상환에 넣어야 했다. 그 와중에 이사까지 하면 분명 사야 할 것이 많아질 터였다. 지금 집에서는 놓을 데가 없다고 사지 않은 소파도 사게 될 것이다. 미루고 미룬 건조기도 사게 될 거다. 에어컨도 다시 사게 될 것이고. 이사 비용에 이것저것 계산하면 들어갈 돈이 한두 푼이 아니었다. 여기에 나의 기본 생활비, 각종 보험료와 통신비, 이사를 할 경우에 그 집의 관리비와 유지비까지 계산하면 내가 밥 먹고 차 마시는 비용은 한 달에 30만 원도 안 나왔다. 5억 원으로 계약하고 1천만 원은 현금으로 주는 상황까지 고려해야 할 정도로 시세가 올라가 있는데, 4억 원대 후반의 집은 꽤나 매력적이었다.

리모델링한 지 3년 된 집이라고 했다. 안쪽 섀시도 새것이었고, 도배나 장판의 상태도 나쁘지 않았다. 보일러도 그 해 새것으로 교체했다고 했다. 나는 전셋집도 도배, 장판 모두 하지 않고 들어갔다. 쓸 만하면 굳이 바꿀 필요가 없다고 생각했다. 무엇보다 보수 공사할 비용이 내겐 없었다. 리모델링이 괜찮은지를 판가름하는 기준은 욕실이었는데, 욕실도 상태가 매우 괜찮아 보였다. 그만 하면 새것 수준이었다. 뜻밖에도 마음에 들었다.

저녁에 본 게 마음에 걸려서 그다음 날 점심시간에 다시 보기로 하고 집으로 돌아갔다. 괜찮은 매물을 발견했다는 말에 시어머니가 단박에 달려오셨다. 우리가 매매할 집이 어떤 집일지 무척이나 궁금해하셨다. 전세, 월세는 내가 확신을 갖고 구할 수 있었지만 매매는 달랐다. 큰돈이 들어갔고, 당장 가지고 있는 자금 전부가 전세 보증금에 묶여 있어서 계약금은 어른들께 현금으로 빌려와야 했다. 입주하고 나면 돌려드릴 수 있는 상황이긴 하지만, 나에겐 그런 말조차 조심스러웠다.

"이만하면 도배하지 않고 그냥 들어와도 되겠다."

먼저 말을 꺼낸 건 시어머니셨다. 난 욕실과 섀시, 보일러 상태가 저만하면 훌륭하다 싶었다. 그거면 도배나 장판은 내겐 부수적인 문제였다. 그 집은 나름대로 리모델링을 하면서 이것저것 고쳐놓은 것이 있어 집 인테리어도 웬만큼 되어 있었다. 원목으로 맞춰진 우리 가구와도 어울릴 것 같았다.

'그럼 이제 3천만 원이 남는다!'

난 사실 그 생각을 떠올리며 마음을 다잡았다. 1층.

벌레 많고, 시끄럽고, 사생활 보호도 어렵고, 물소리나 불편한 것투성이지만, 아이가 태어나면 층간소음으로 누군가에게 민폐 끼치지 않고 맘껏 뛰어다녀도 되리라. 무엇보다 예상했던 5억 원보다 3천만 원이 저렴하다. 3천만원. 나는 그 예산이 그 집의 가장 큰 장점이라고 생각했다. 그래서 불편한 점은 감수하고 살 수 있을 것 같았다.

나오는 길에 우린 그 주에 계약서를 쓰기로 하고 가계약금을 100만 원 걸었다. 사무실에 돌아와 일하면서도 괜히 붕 떠 있는 느낌이었다. 같은 사무실에 누군가는 서초동에 집을 샀다는데, 난 염창동에 집을 사면서도 이렇게 설렐 일인가 싶었다.

전셋집 빼기가
이렇게 힘들 줄이야

2018.5.

전셋집 들어갈 때도 우린 도배와 장판을 하지 않았고, 이 집에 들어올 때도 역시 아무것도 하지 않았다. 지금 생각하면 그래도 바깥쪽 창 섀시는 할걸 그랬나 싶기도 하지만, 이사를 준비할 당시에는 그런 건 생각할 겨를도 없었다. 왜냐하면 전셋집이 죽도록 안 나가서 3개월 동안 너무나도 마음을 졸였기 때문이다. 우린 전세로 2년을 계약했다. 향후 추가 2년의 권리가 보장되는 계약이기도 했다. 대한민국의 모든 전세 세입자는 같은 권리를 보장받는다. 그 말은 거꾸로 하면 건물주에게도 최소한 2년간 계약을 유지할 권리가 있다는 뜻이기도 했다.

우리가 투룸 빌라에 사는 1년 동안 옆집 세대가 2번

바뀌었다. 그중 두 번째 집은 들어온 지 6개월도 안 되어 다시 나갔다. 그걸 보면서 이 집은 생각보다 전세금 빼기 쉬운 집이구나 생각했다. 계약에 대한 예의라는 생각에 2년은 채우고 나가야 한다는 생각은 그때 바뀌었던 셈이다. 우리가 필요하면 집을 중간에 빼는 것도 가능한 일이구나 싶었다. 나보다 훨씬 돈 많은 건물주를 걱정해 줄 이유가 없다는 데까지 생각이 미치고 나서야 집을 살 엄두를 낼 수 있었다.

2019년 2월이 전세 계약 만료지만, 우리는 2018년 3월에 건물주에게 7월경에는 이사 가야 한다는 말을 전했다. 놀랄 것이라는 나의 순진한 예상과는 다르게, 매우 담담하게 "그래요"라고 답했다. 그때는 몰랐다. 전셋집을 빼는 건 그의 발등이 아닌, 내 발등에 불이 떨어진 것이라는 사실을.

결혼 1주년 기념으로 여행까지 다녀와서 5월 첫 주에 집을 내놨다. 직방 앱과 우리를 소개해 준 부동산에 집을 내놨다. 피터팬에도 사진을 찍어 올렸다. 마침 이사 들어오는 날 찍어둔 빈집 사진도 있었다. 상대적으로 깔끔하게 정리된 집 사진을 올리기 위해 며칠에 걸쳐 대청소를 감행했다. 언제 구경하러 올지 모르니 집은 언제나 깔끔하게 유지되어야 했다. 나름 하얀색 실크 벽지에 나무색 바닥인 집이라 연한 원목톤으로 맞춘 우리의 가구가 어우러져 생각보다 나쁘지 않은 비주얼이었다. 그 흔한 TV도 액자도 없는 조촐한 살림에 냉장고까지 베란다에 있어서 집은 원래 크기에 비해 커 보였다. 5월엔 유난히 휴일이 많았고, 그 덕에 집을 보러 온 신혼부부가 참 많았다.

누가 봐도 결혼을 앞둔 커플들이 집을 보러 오기 시작했고, 그렇게 상시 대기하는 상태로 1개월 반이 지났다. 주말에 최소 3팀 이상이 집에 들렀고, 휴일이나 평일 저녁에도 늘 집 방문이 가능하도록 남편이 상주했다. 그러나 한 3주쯤 지나도 영 입질이 오지 않아 불안해진 나는 집의 위치, 조건, 장점, 사진 등을 모아 40장을 출력해 남편의 손에 쥐여주었다. 집주인의 번호도 넣어야 해서 전화로 상황 설명을 했다.

"그러게. 왜 전세가 해결이 안 됐는데 집 계약을 했어. 순서가 바뀌니 힘들지."

그랬다. 집주인은 아무것도 다급할 일이 없었다. 계약기간을 채우지 못하고 나가는 나는 그에게 계약 파기자일 뿐이었다. 다음 세입자가 들고 오는 보증금이 있어야 우리가 나갈 수 있는데, 그게 아니어도 그에게는 보증금을 내줄 의무는 없었다. 그에게 보장된 권리는 2년이었으니까. 수많은 부동산 거래를 했을 건물주는 그 상황에 너무 익숙했다. 우리 이전 세입자도 계약기간을 못 채우고 나가는 커플이었다. 그들도 집을 사서 나간다고 했고, 당시 부부 중 여자 측 어머님으로 추정되는 아주머님께서 집의 장점에 대해 줄줄 읊으셨던 기억이 떠올랐다. 급한 건 건물주가 아니라 우리였다. 우린 보증금이 있어야 잔금을 치른다. 발등에 불이 크게 떨어졌다.

"이걸 들고 나가서 인근 1km 이내에 있는 부동산이란 부동산에 다 주고 와."

남편에게 빅 미션을 주고 내보냈고, 1시간 남짓 지나 들어온 남편은 놀라며 말했다.

"부동산이 너무 많아. 이렇게까지 많은지 몰랐네. 40장 다 돌리고도 아직 한참 더 남았어."

요즘도 이렇게 집 내놓는 사람이 있냐며 놀라더라고 했다. 그렇게 또 1~2주가 지나도 집은 나가지 않았고, 불안한 마음에 남편은 다시 60장을 더 뽑아 우리가 살던 9호선 라인부터 시작해 한 정거장 거리까지 거꾸로 걸어가며 곳곳에 더 안내장을 뿌렸다. 집을 잘 빼게 해주면 수수료도 더 챙겨준다는 말도 잊지 않고 하고 왔다.

　　주말 일정은 전면 중단이었고, 우린 나가려다가도 부동산에서 연락이 오면 일정을 취소하고 다시 들어왔다. 전셋집을 구해 들어갈 때 들인 품이 10이라면 나갈 때 들인 품은 50도 넘었다. 이 집의 조건은 좋았다. 그래서 들어온 거니까. 하지만 같은 건물 4층에도 집이 나와 있었고, 한 건물에 2개의 매물이 나와 있으니 사람들이 2개를 두고 저울질하고 있다는 사실을 뒤늦게 알았다. 3월부터 나와 있던 빈집이 안 나가고 있었다. 부동산도 우리 집을 보여주러 오면서 4층을 같이 보여주었다. 심지어 가격도 500만 원이 저렴했다. 3월부터 안 나간 500만 원 저렴한 경쟁 매물이 한 건물에 있다는 것은 매우 치명적이었다. 6월 초가 되어 그 집이 나갔고, 그제야 우리 집도 가능성이 올라가는 듯했다.

　　하지만 계절은 여름에 가까워지고 있었다. 여름은 이사 비수기다. 한겨울과 한여름에 눈비를 맞으며 이사를 하고 싶은 사람은 없으며, 신혼부부도 1~3월에 집을 알아봐서 늦어도 4월에 계약하고 5월에 결혼 후 입주한다. 9~10월에 입주를 원하는 커플은 많아 보였지만 7월이라는 조건이 문제였다.

그 와중에 눈살을 찌푸리게 하는 사람도 있었다. 집을 내놓은 지 얼마 되지 않아 어떤 여자가 혼자 와서 집을 보고 갔다. 마음에 든다며 가계약금 100만 원을 보내겠다고 했다. 처음 보는 부동산이었지만 우린 그런 걸 가릴 처지가 아니었다. 물론 걸리는 게 없었던 것은 아니다. 결혼 날짜가 언제냐고 묻는데 아직 정해지지 않았다고 했다. 느낌이 좋지 않았지만 결혼 날짜도 정하지 않고 집부터 구하는 게 아예 없는 경우는 아닐 것이라 생각했다. 지방에서 일하는 남자가 한 번 더 집을 보러 와서 그 주에 계약서에 도장을 찍기로 했는데, 계약서를 쓰는 과정에서 말이 바뀌었다.

통상적으로 계약금은 총 계약 금액의 10%이다. 법에 나와 있는 조건이라기보다는 통상적으로 계약금은 보증금의 10%로 오간다. 월셋집에 들어갈 때도 그랬고, 지금 사는 전셋집에 들어갈 때도 그랬고, 집을 살 때도 그랬다. 그런데 이분들이 계약금을 5%만 걸겠다는 것이다.

안다. 전세자금대출을 신청할 때 임대차 계약서와 계약금 5% 이상의 지급 영수증만 있어도 무방하다는 것을. 하지만 그건 그저 가이드라인일 뿐 계약금으로 5%를 거는 경우는 거의 없다. 건물 가격이 엄청나게 비싼 게 아닌 이상 말이다. 그러자 건물주가 우리에게 전화를 했다.

"새댁, 나는 사람은 안 믿어. 돈만 믿어. 근데 정말 계약할 거야?"

1억 7천만 원이 넘는 돈에 5%면 그것도 이미 몇백만 원이다. 이 집에 들어올 사람이면 그 돈도 큰돈 아닐까 싶었다. 찜찜했지만 그래도 괜찮다고 했다. 우리의 의사를 확인한 건물주는 5%짜리 계약금의 계약서를 쓰기로 결정했다. 그런데 그들은 결국 집을 보러 오기로 한 당일 계약을 취소했다. 지방이라 퇴근하고 오려면 오래 걸린다며 밤 9시에 봐도 되겠냐고 해서 그러시라 했다. 부산에서 일한다던 남자는 어느 순간 충북 어디로 옮겨 일하고 있었고, 결국 2번의 통화 후 계약하지 않겠다고 통보했다.

건물주가 옳았다. 사람은 믿는 게 아니었다. 돈을 믿었어야 했다. 가계약금 100만 원은 그렇게 건물주의 용돈이 되었고, 그 계약은 그렇게 정리되는 듯했다. 집을 내놓은 초반에 잘못 걸려 영혼이 털리고 마음이 불안한 와중에 그들이 건물주에게 가계약금을 돌려달라며, 안 주면 소송이라도 걸겠다고 계속 연락하고 있다는 것을 뒤늦게 알고 통탄했다. 그들은 부동산 중개사를 닦달하다

못해 건물주 연락처를 직접 받아 건물주에게 연락하고 있었다. 우린 그들을 데려온 부동산에 전화해서 그들이 보통의 '경우'를 모르면 그걸 가이드하는 게 중개사의 몫이지 감내하는 게 우리의 몫은 아니지 않느냐며, 이런 경우는 듣도 보도 못했다고 화를 냈다.

우린 그 건물에서 거의 유일하게 건물주와 관계가 좋은 세입자였다. 1층에서 담배를 피던 남편에게 옥상에서 피워도 된다며 옥상을 열어주었고, 그렇게 옥상에서 수다 아닌 수다를 떨며 그나마 편한 관계가 되었다. 작은 텃밭에서 키운 배추도 받아오곤 했다. 우리가 집을 깔끔하게 쓴다며 건물주가 좋아했다. 그의 까다로움이 건물이 유지되는 비결임을 알았다. 그런 건물주가 우리 때문에 귀찮은 일에 얽혀 있다는 사실만으로 괜한 미안함이 들었다. 나도 남편도 번갈아 가며 불같이 화를 내고 나서야 조용해졌다. 그간 만났던 몇몇 중개사들이 얼마나 좋은 분들이었는지 다시 한번 느꼈다.

진상을 넘고, 경쟁을 피해 드디어 계약이 되었다. 어떻게? 무려 50만 원의 웃돈을 주고. 여름으로 가까워질수록 집을 보러 오는 사람들은 가을에 입주하길 원했다. 우리는 마음이 더 타들어 갔지만 선택의 여지는 없었다. 1억 원이 넘는 돈을 어디서 구하나 고민하고 있을 때 중년의 어느 여자분이 집을 보러 왔다. 동생이 혼자 살 집을 보러 오는 것이라 했다. 대로변에 있으면서도 완전히 찻길은 아니고, 지하철과 가까워 안전해 보인다고 했다. 바로 앞에 학교가 있지만 학생들이랑 마주치는 일은 출퇴근 어느 타임에도 없다고 했더니 마음에 든다며 동생이 보도록 한 번 더 온다 했다.

집을 마음에 들어 하자 부동산 중개사는 어차피 대출받을 것이니 2개월 당겨서 받으시고, 그만큼의 이자를 우리가 제공하면 보증금을 받을 수 있게 계약을 할 수 있도록 해보겠다고 제안했다. 물론 "수수료 좀 더 챙겨주신다고 하셨지요?"라는 말과 함께.

우린 2개월의 이자를 수수료로 얹어주고 계약했다. 실제 입주는 9월이었지만, 우리가 필요한 금액만 먼저 대출금으로 빼주고, 차액은 입주 시에 주는 것으로 말이다. 2개월에 가까운 시간이 지나서 장장 40번의 집 보여주기가 끝나고 이자 50만 원에 수수료 추가까지 얹고 나서야 우리는 집을 뺄 수 있었다.

이사가 예정된 날로부터 2일 후에는 남편의 해외 출장이 잡혀 있었다. 커다란 집에 덩그러니 혼자 남을 내가

걱정된다며 출장 이후로 이사 날짜를 미루면 어떻겠냐고
했다. 난 이 집에 오만 정이 다 떨어졌으니 하루라도 빨리
이사를 할 거라고 선언했고 폭염주의보가 발표된 7월의
어느 날, 얼음 팩을 몇 개씩 사들여 가며 마침내 이사를
했다.

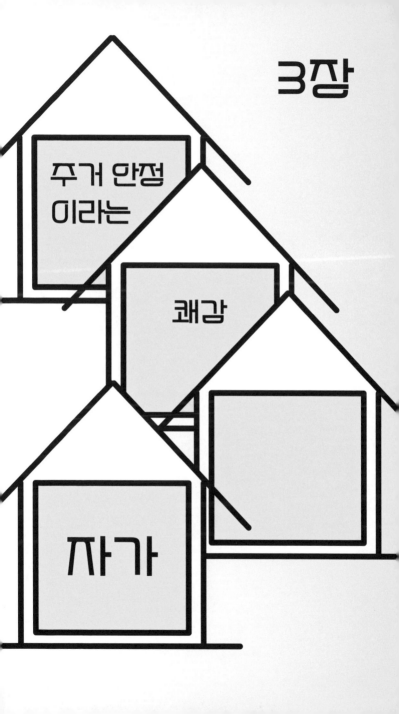

3장

주거 안정
이라는

쾌감

자가

이번에는
3억 원입니다

2018.6.

어쨌든 집을 샀다. 가계약금을 보내고도 내가 수억 대의 집 쇼핑을 했다는 사실을 실감하지 못했다. 계약서 작성에 앞서 중도금과 잔금 일정을 정리했다. 잔금은 어차피 유동적이니 중도금만 적당한 선에서 정하자고 했다. 아차 싶었다. 중도금이라니. 나의 자금계획엔 없던 돈이었다.

계약금만 걸려 있는 상황에서 만약 매도인이 의지를 갖고 계약을 파기하고자 하면, 계약금의 2배를 주고 계약 파기를 하면 그만이다. 하지만 중도금이 들어가면 그 계약을 무를 수 없다. 중도금의 위력이 그런 것이라는 건 꽤 나중에 알게 되었다. 계약금까지는 해결했는데 중도금도 필요했다니. 전혀 예상치 못했던 포인트다. 계약서에 도장을 찍는다는 것은 많은 것을 의미했다. 계약서를 작성하는 과정에서 중도금 금액, 시기까지 조율해야 한다. 중개사와 몇 번의 통화 덕분에 빠르게 현실을 직시할 수 있었다.

중도금을 위해 퇴직연금을 받는 시기를 당겨야 했다. 우리는 계약금 외의 금액은 '대출+전세 보증금+퇴직연금'으로 해결하기로 한 상태였다. 물론, 잔금 외에도 취득세, 양쪽 집의 중개비, 이사 비용, 법무사 비용 등까지 모두 포함한 금액이 필요했다. 1억 원 후반의 전셋집 중개사 비용과는 차원이 다른 금액이 들어간다. 이래저래 계산하면 대략 800만 원 내외의 돈이 추가로 필요하다. 거기에 신혼 때 포기했던 전자제품들을 구매하면 추가 비용은 1600만 원에 달한다.

퇴직연금이란 은퇴해서 소득이 없을 때를 대비해 그 전까지는 못 쓰게 되어 있는 구조이나 몇몇 특수한 경우에는 가능하다. 근로자 본인, 배우자, 부양가족에게 질병 및 부상이 발생해 장기 요양이 필요한 경우, 임금 피크제 등으로 월 소득이 감소하는 경우, 집을 구입하거나 전세자금 및 임차보증금을 마련하는 경우, 개인 채무로 인해 파산선고 이후 개인회생의 절차를 밟는 경우 등이 있다.

회사 명판이 찍힌 퇴직연금 중도 인출 신청서, 주민등록등본, 현 주소지 및 거주할 집의 건물 등기부등본, 지방세 세목별 과세증명서, 부동산 매매계약서 사본, 계약서 영수증 등의 서류를 받기 위해 바삐 움직여야 했다. 등본이야 어렵지 않았지만, 꼭 당일에 출력한 것을 가져오라는 은행의 신신당부가 있었다. 내가 집을 산다는 사실을 회사에 알려야 했고, 지방세 세목별 과세증명서는 주민센터에 직접 가야 발급이 가능했다. 퇴직연금은 신청한다고 바로 나오는 것이 아니다. 1~2주의 시간이 걸리는 경우가 허다하고, 보유하고 있던 퇴직연금의 상품을 정리하는 시간도 걸린다는 말에 아예 상품에 가입하지 않고 미리 현금으로 빼기 좋은 형태로 만들어준 은행원의 융통성 덕분에 상대적으로 빨리 나온 편이었다.

언제 나올지 모르는 퇴직연금이 불안해 혹 상황이 여의치 않으면 어른들께 빌릴 요량으로 최대한 중도금을 뒤로 미뤄놓았고, 금액도 최소화했다. 우리가 해결할 수 있는 여지를 최대한 만들고 싶었다. 계약서를 쓰는 날은 그저 아름답게 인사하며 도장이나 찍는 날일 뿐, 모든 조율은 이미 완료된 상태여야 했다. 물론 중도금이 해결되었다고 모든 것이 다 해결된 것은 아니었다. 나에겐 대출이 남아 있었다. 가장 큰 과제였다. 대출은 딱 우리가 필요한 돈 그 이상은 허용하지 않았다. 더 정확하게는 그 이하만 허용했다. 그때까지도 대출이 말하는 '시세'가 무엇인지 몰랐다.

몇 번의 시뮬레이션으로 우리가 받을 수 있는 최대치의 금액을 산정해 두고, 그 금액에 맞는 자금계획을 세웠다. 계약금과 중도금까지 무사히 넘긴 우리는 대출과 전셋집 빼기만 완료하면 되는 상태였다.

내가 받아야 하는 대출은 총 2가지였다. 내집마련디딤돌대출과 보금자리론. 내집마련디딤돌대출은 2018년 3월 당시 5억 원 이하의 주택 구매 시(수도권 기준) 최대 2억 원까지 대출이 가능했고, 보금자리론은 6억 원 이하 주택 구매 시(수도권 기준) 최대 3억 원까지 대출이 가능했다. 이 2가지가 섞이면 최대 5억 원이 대출되는 기적이 일어나겠지만 한국주택금융공사는 바보가 아니다. 내집마련디딤돌대출로 2억 원을 받으면, 추가로 보금자리론을 받는다고 하더라도 주택 시세의 70%까지만 대출이 가능했다.

나는 4억 7천만 원, 즉 나의 거래금액이 시세라고 생각했다. 거래를 했으니까. 하지만 주택금융공사가 말하는 시세는 KB 시세와 거래가 중 낮은 금액을 의미했다. 소득증명과 관련한 각종 서류들, 금리우대를 위해 신혼부부임을 증명하는 수많은 서류들을 제출하고 나서야 알게 되었다. 나의 거래금액은 시세가 아니라 그저 주택 가격일 뿐이라는 것을. KB국민은행에서 리서치하는 시세는 거래금액과 반드시 일치하는 것은 아니었다. 심지어 우리가 거래한 그 아파트 1층은 해당 단지의 시세 중 최저점으로 평가되었다. 1층이니까.

다른 집들의 시세는 5억 원에 잡혀 있을지언정, 우리가 계약한 집의 시세는 좀 더 저렴한 4억 5500만 원이었다. 그러니까 난 KB국민은행 기준 시세보다 1500만 원을 비싸게 샀다는 뜻이다. 그리고 시세의 70%가 최대 대출 한도인 경우, 우리가 대출받을 수 있는 금액의 최고는 3억 1850만 원이었고, 그 와중에 10만 원 단위의 대출은 하지 않는 것이 원칙이라며 3억 1800만 원만 대출이 가능하다는 연락을 받았다. 그래도 괜찮으시겠냐는 상담원의 질문에 안 괜찮으면 어떻게 되냐고 물었다. 그럼 대출 신청 자체가 취소된다고 했다. 수긍했다. 우리는 갑이 아니었다. 없는 돈에 집 사기가 이렇게 어렵냐며 투덜거렸지만 그건 그들의 잘못이 아니다. 제대로 안 알아본 나의 잘못이었다. 우리가 예상했던 대출 가능 금액은 3억 2900만 원이었다. 1천만 원이 모자란 것이다. 퇴직연금이 아니었으면 못 메꿨을 돈이었다. 집 하나 사는데 무슨 우여곡절이 이다지도 많단 말인가. 푸념하는 나에게 친구가 위로를 해주었다.

"그 정도 푸닥거리면 준수한 거야. 원래 집 살 땐 한번 크게 고생하는데 돈 50만 원 더 쓰고, 대출 1000만 원 모자란 정도면 괜찮네. 너보다 더한 사람 많아."

어렵게 대출 승인을 받고 은행에 가서 수도 없이 많은 서류에 사인했다. 공동명의로 구매한 만큼, 대출 승인 서류에도 2명의 사인이 필요하다. 대출자 명의는 '나'지만 말이다. 10페이지도 넘는 서류에 사인하고 남편에게 넘겼다. 말하자면 연대보증인 셈이다. 우린 그렇게 3억 1800만 원의 빚쟁이가 되었다.

갭투자의 성지,
염창동 입성

2018.7.

이사하는 날은 어떻게 시간이 지나갔는지 모르겠다. 아침 일찍 이삿짐 차량이 등촌동 빌라 앞으로 자리했다. 우리의 짐을 둘러본 이삿짐센터 기사님이 씩 웃으며 말했다.

"다음 이사는 무조건 5톤 트럭을 부르셔야 할 거예요. 아이 생기면 그냥 5톤 되는 거예요."

혼자 사는 집에서 이사할 때도 1톤 트럭을 불렀다. 더 작은 걸 부를 곳이 없어서였다. 그리고 둘이 사는 집을 정리하는 데도 1톤 트럭으로 끝났다. 우리의 살림은 그렇게 간결했다. 큰 짐이라곤 500리터 냉장고와 세탁기, 침대 정도였다.

새로운 세입자가 이사를 들어오기 전까지 이 집에 들어가는 비용은 모두 내가 부담해야 한다는 사실을 안 건 집주인과 인사를 나누고 난 후였다. 당연히 가스, 수도, 전기 계량기를 확인하고 비용을 정산하기 위해서였다.

"다음 세입자가 들어와야 그날 기준으로 정산하는 거지."

아, 끝날 때까지 끝난 게 아니구나. 다음 세입자가 이사하기 전에 청소라도 한다고 물 틀고 전기를 쓰면 그건 내가 내야 하는 거구나. 당황스러웠지만 그런 소소한 문제는 마음에 묻었다. 당장 은행에 가서 3억 1800만 원의 대출금을 수령해야 했다. 통장과 도장, 신분증을 챙겨 근처 은행에 가서 돈을 인출했다. 통장에는 놀랍게도 이미 아침에 3억이 넘는 돈이 들어와 있었다. 와, 3억 원이 넘는 돈이 내 통장에 찍히는 순간이 있다니. 돈을 인출하며 잔금을 치러야 한다고 이야기하고 큰돈은 수표로 뽑아야 했다.

염창동으로 이동해서도 몹시 바빴다. 전 세입자는 아이의 학교 문제로 같은 단지 옆 라인으로 이사한다고 했다. 이삿짐을 정리하는 동안 부동산에 방문했고 관리 사무소에 정리해야 할 것들을 부동산 부장님이 해결해 주었다. 우리는 서류에 마지막으로 도장을 찍고, 은행에서 나온 법무사와 금액을 정리하고 나왔다. 장기수선충당금 같은 내가 예상하지 못한 질문들이나 자잘한 현금들이 오갔다.

포장 이사였지만 각종 가전제품 반입과 겹쳐 땀을 뻘뻘 흘리며 동분서주했다. 하필 이럴 때 남편이 일로 바빠 나 혼자 처리했다. 이삿짐센터분들, 입주청소를 하러 오신 분들, 급기야 가전제품 입주까지 동시에 시작하니 몸이 열 개라도 모자랐다. 물건을 놓는 위치만 적당히 짚어주면 끝날 것 같았던 나의 역할은 수많은 이들에게 무언가를 끊임없이 사다 나르는 것이었다. 심지어 철물점을 찾아 버스 두 정거장 거리를 헤매기도 했다.

상황이 수습되고 난 후에야 남편의 일이 끝났고 나는 진이 빠질 대로 빠졌다. 하지만 끝나지 않았다. 온몸이 땀에 절어 있는데 시가 어른들이 방문할 예정이었고 그전에 주민센터에 가서 주소 이전을 마쳐야 했다. 주택담보대출의 조건 중 하나가 전입 확인서였다. 나는 이것을 미룰 생각이 전혀 없었다. 아무것도 하지 않고 눕고 싶었지만 저녁 식사까지 끝나고 나서야 비로소 쉴 수 있었다.

입주하고 열흘쯤 지났을 때 드디어 권리등기증이 나왔다. 말로만 듣던 집문서였다. 그제야 중개사 부장님이 뽑아준 등기부등본을 다시 보았다. 인천에 살던 A라는 사람이 1997년에 낙찰을 받아 이 집의 소유자가 되었고, 2001년에 A는 살고 있던 같은 단지 다른 동으로 이사를 했다. 2002년 부부로 추정되는 B 커플에게 매도했고 그 와중에 2007년 B 커플 중 한 명은 개명을 했다. 역시 인천에 살던 B 부부는 2013년 성동구로 이사를 했고 2014년 11월 현 매도인이 2억 1천만 원의 대출을 끼고 3억 원에 매수했다. 그리고 리모델링을 마치고 전세를 주었고, 전세자금으로 대출을 회수시켰을 것이다. 그런 다음 2018년 3월, 우리에게 4억 7천만 원에 매도했으니 리모델링비와 전세 기간까지의 이자, 그리고 그간의 재산세를 감안하면 아마도 1억 3천만 원 이상은 남겼을 것이다. 4년 만에 말이다. 우리와 계약을 한 매도인은 다른 곳에 살고 있었고, 곧 회사가 있는 기흥으로 이사할 예정이라고 했다.

그 집을 사서, 실소유자가 거주한 건 1997년 이후 우리가 처음이었다. 염창동이 갭투자의 성지라고 했던 이유가 있는 것이었다. 한때 1천만 원만 가지면 전세 끼고 집을 살 수 있었던 동네다. 저 신묘한 기술을 진작 알았다면 나는 더 빨리 건물주가 될 수 있었겠지만 안타깝게도 이 글을 쓰는 지금에서야 깨닫는다. 20년 동안 한 번도 건물주의 손을 탄 적이 없는, 세입자만을 위해 존재했던 이 아파트는 이제야 주인과 함께하는 건물이 되었다.

소비형 인간에게는 통제가 답입니다

2018.7.

프리랜서 시절, 나는 소비 지향의 삶을 살았지만 무작정 돈을 쓰기에는 간이 작은 인간이었다. 사무실 월세를 비롯해 전기 요금과 수도 요금 등 관리비도 내야 했다. 지금 사정이 여유로운 건물주는 월세가 늦든 말든 연락이 없는 스타일이었지만, 건물의 수도 요금을 걷는 1층 치킨집 사장님의 깐깐함은 남달랐다. 우리는 손님이나 가끔 방문하면 차 한잔 마시는 정도의 수도를 썼음에도 사장님이 일괄적으로 배분해 주는 수도 요금을 내야 했다. 월세가 늦는다는 연락이 없다 할지라도 나는 늘 불안했다. 다달이 나가는 카드값도, 치킨집 사장님의 닦달도 무서웠다. 일주일 혹은 2주에 한 번씩 앞으로 두 달간 예정된 지출과 수입을 수시로 체크했다. 신용카드 인생은 현금이 없기 때문에 신용카드가 한번 막히면 일은 고사하고 출근도 못 하는 사태가 발생한다. 금융기관(카드사)의 독촉은 생각보다 엄격했고, 그렇게 카드가 몇 번 막히는 대참사를 겪고 난 후에는 수시로 체크하고 선결제하는 습관을 들이지 않을 수 없었다. 거기에 대학원 학자금까지 더해지니 압박감의 레벨이 한층 올라가는 느낌이었다.

그때 나의 다짐은 "내가 언젠가 반드시 체크카드로 바꾸고 만다!"였다. 그러나 박복한 프리랜서는 하루하루가 버거워 허덕이면서도 없는 살림에 무슨 생각으로 쇼핑을 해댔는지 모르겠다. 그건 지출 우선주의에서 저축 우선주의로 전환한 지금도 크게 다르지 않다. 지출이 저축보다 먼저인 나에게 체크카드는 가장 어려운 숙제 중 하나다. 2014년 입사를 하고 비장하게 마음먹은 일 중 하나는 소비 채널의 변화였다. 남의 돈을 빌려 쓰는 신용카드가 아닌, 내 돈만 딱 쓰는 체크카드로 바꾸는 것이 그렇게 어려운 일인지 몰랐다. 조금씩 모이는 돈은 조금씩 늘어난 신용카드 결제액으로 인해 무너지기 일쑤였다.

그래서 강구한 특단의 조치가 통장 쪼개기였다. 보

통 말하는 통장 쪼개기는 고정 지출, 비정기적인 지출, 비상금 같은 정도의 수준이라면 나의 통장 쪼개기는 모든 항목을 쪼개는 것이었다. 요즘은 보이스 피싱 등의 이슈로 통장 신규 개설이 매우 까다롭지만 나는 프리랜서 시절에 여기저기 만들어둔 것이 있어서 어렵지 않았다.

통장 쪼개기에 앞서 진행한 것은 수입 쪼개기이다. 수입의 변수는 지출의 변수와 연결된다. 연간 언제 얼마를 어떻게 버는지에 대한 계획이 있어야 변수에 대응할 수 있다. 나에게 월급은 덩어리로 들어오지만 엑셀로 월급의 쓰임을 나누어 기록한다. 1년 치 급여, 상여금, 4대보험, 소득세, 지방소득세의 구성이고, 그 외에 중식대와 통신비가 들어온다.

상여금을 제외하고는 대부분 규칙적인 편이지만 수입이 늘거나 줄어드는 포인트가 있다. 1~2월에는 설 명절 상여금이 들어오고, 연말정산이 진행된다. 2월에 연봉 협상(실제로 협상은 없고 정해진 요율대로 진행되지만)을 하고 3월에는 연봉 인상분 중 미지급된 2개월 치가 입금된다. 3월부터는 인상된 연봉에 맞게 4대보험도 증가하며, 이때부터 4~5월까지는 전년도 국민연금이나 의료보험을 결산해서 증가 혹은 부족한 부분을 정산하는 과정이 있어 일

시적으로 금액의 차이가 발생한다. 8~9월에는 추석 상여금이, 12월에는 연말 상여금이 들어온다. 여기까지 정리되면 나의 1년 치 소득을 예측할 수 있다. 수입이 중요한 것은 여기에 나의 지출을 연동하기 때문이다.

급여
 ·공제
  국민연금, 건강보험, 고용보험, 소득세, 지방소득세, 기타 공제
 ·급여 외 수입
  상여금, 중식대, 통신비, 추가 수입

수입을 쪼갰다면 그다음은 지출을 쪼개야 한다. 나는 고정적이고 반복적인 지출과 그렇지 않은 지출을 먼저 나눴고, 고정 지출도 카테고리를 나눴다. 다른 사람이 나누는 방식과 조금 다르긴 하다.

이렇게 수입과 지출의 구조를 나누는 이유는 '변수'를 줄이기 위해서이다. 그게 티끌일지라도 돈을 모으는 과정에서 기본 중의 기본은 나의 재정 상태를 정확하게 파악하는 것이다. 내가 얼마나 벌 수 있고 얼마나 쓰게 될

대분류	소분류	상세	대분류	소분류	상세
금융비용	저축성	청약	생활비	고정지출	통신비
		대출원금			교통비
		비상금			가스요금
		경조사			수도요금
		연금			관리비 (전기 포함)
		기타 저금			구독서비스
	지출	보험		변동지출	중식
		태아보험			용돈
		화재보험			육아
		대출이자			세금
					가족경조사

지 구체적인 파악을 하지 않으면 돈을 모으는 것은 불가능하다고 생각했다.

예상 수입과 마찬가지로 예상 지출도 월별로 칸을 만들어 넣는다. 금융비용은 나의 지출 중 가장 많은 비중을 차지하는 비용이다. 청약은 매월 10만 원씩 꾸준히 붓고 있고, 경조사비도 미리 월 10만 원 정도 빼둔다. 그때 그때 지출이 얼마나 잘 통제되었느냐에 따라 잔액도 저축 통장으로 옮기고 있다.

생활비는 월별로 변동이 큰 편이다. 통신비나 구독 서비스는 큰 변동이 없지만 전기 요금, 가스 요금처럼 계절에 따라 변동이 큰 금액은 계절별 차이도 반영한다. 가족들의 선물을 사야 하는 시즌처럼 규칙적으로 발생하는 항목도 예상 금액을 미리 파악한다. 이 같은 항목은 생각보다 큰 영향력을 지니고 있어서 미리 인지하고 있지 않으면 타격이 온다. 재산세와 화재보험은 지금 사는 아파트를 매수한 이후 새롭게 등장한 항목이고, 아이를 낳은 후엔 태아보험도 추가되었다. 여기에 통상적으로 지출하는 용돈, 출근으로 인해 발생하는 식비, 개인적으로 쓰는 용돈, 아이에게 쓰는 돈 등을 나누어 항목으로 잡아둔다. 그러면 다달이 가용 금액이 계산되고 그걸 다시 기타 저축 항목의 숫자에 반영해서 최종적으로 0에 수렴하게 맞추는 방식이다.

이렇게 기록한 지출을 바탕으로 항목별로 통장을 다 다르게 나눠두었다. 보험 통장, 고정 지출 통장, 경조사 통장, 비상금 통장, 청약이나 대출용 통장 등 최대한 많이 쪼개서 입금하고 입금한 금액이 다른 자동이체 등으로 인해 침범당하지 않게 한다. 통장에 돈을 옮기면 대부분은 월급날이 자동이체일과 동일하기 때문에 한번에 빠져

나가거나 그렇지 않은 신용카드 결제 건은 선결제로 정리한다. 이자를 아까워하지 않고 체크카드를 쓰는 마음으로 선결제를 하고 있다. 물론 애초에 신용카드를 쓰지 않으면 제일 좋겠지만 연말정산에 유리할 수 있는 정도 선에서 고정 지출은 신용카드에 걸쳐놓고 용돈이나 식비 같은 자잘한 변동비는 체크카드로 사용한다.

매년 초에 표를 만들어 1년 수입과 예상 지출 내역을 정리한다. 발생할 수 있는 변수를 다 입력하려고 한다. 연말정산 예정액, 양가 어른 생신 선물, 남편의 생일선물, 재산세 등 디테일할수록 좋다. 입사 첫해부터 어떤 항목이 어떻게 작용해서 연말정산에 반영되는지 시뮬레이션을 돌리고, 차이가 있다면 반드시 실제 원천징수 영수증 내역과 대조해 본다. 그래도 이해되지 않는 항목은 회계 담당자에게 문의해서 궁금증을 해결했다. 덕분에 납세자 연맹에서 오픈된 툴을 활용해 뽑은 나의 연말정산 결과는 실제 정산 금액과 거의 차이가 없을 정도였다.

나는 지출을 통제하는 것이 쉽지 않은 소비형 인간이기 때문에 이런 깨알 같은 기록이 없으면 일상을 제대로 영위할 수 없다. 언제든 무너질 수 있다. 내게 가장 위험한 변수가 충동구매와 그로 인한 할부다. 큰돈을 쓸 자신이 없으면 아예 손대지 말아야 하거늘, 몇십만 원짜리 물건을 샀고 할부를 반복했다. 그런 지출 패턴을 정리하기 시작한 건 경제 공동체가 생기면서부터다. 내 돈으로 살지언정 큰 지출은 남편과 상의했고, 눈치 아닌 눈치가 보여서라도 지출을 자제하게 되는 긍정적인 효과가 있었다.

한 달이 지날 때마다 뱅크샐러드 같은 가계부 앱을 활용해 실제 소비 내역을 복기한다. 가계부 앱은 자동으로 등록이 되다 보니 '온라인 쇼핑'과 같은 형태로 뭉쳐지는 항목이 있어 내 소비 패턴에 맞게 세세하게 카테고리를 다시 나눈다. 예산보다 적게 쓴 항목과 많이 쓴 항목을 체크하고, 그 이유가 무엇인지 확인한다. 절약할 수 있는 여지가 있는 항목이 무엇인지, 무엇이 사치였고 무엇이 필수였는지 되새긴다. 연말에도 어김없이 이렇게 정산한다. 1년 치를 정리하다 보면 언제 썼는지 알 수 없는 항목이 튀어나오기 마련이다. 그럼 그 항목의 1년간의 지출 리스트를 쭉 살펴본다. 분명 어디엔가 나의 과욕이 부른 참사가 지출로 이어진 증거가 남게 마련이다. 생각보다 줄이기 쉽지 않은 것은 사람들과 대화하며 먹는 점심시간의 커피, 철마다 새로 사야 하는 아이의 옷과 신발 같은 의류다. 줄일 수 없는 돈이라고 생각하기에는 너무 큰돈을 지출하고 난 뒤였다. 하루에 두 번 먹을 거 한 번 먹고, 하루에 한 번 사 먹을 것을 집에서 가져오고, 물려받은 아이 옷이 많다면 새로 사는 건 참으려고 한다. 당근마켓 같은 중고 거래를 이용하는 평범한 절약도 1년 치를 모아서 보면 절대 적은 금액이 아니다.

그나마 이렇게 지출이 정리되는 것은 남편이 집안의 식비를 담당하고 있기 때문이다. 나는 주로 아이템을 구입하고 남편은 외식 포함한 먹거리를 책임지고 있다. 우리는 아직 부부간에 통장 합치기를 하지 않은 상태이고, 자영업자인 남편의 통장은 건들지 않는다. 그러나 대강의 수입은 서로 알고 있고 필요하면 목표 저축액에 대해 논의하고 규모를 정하는 편이다.

크건 작건 사용해야 할 필수 항목은 미리 옮기고 남은 용돈 안에서 생활을 유지한다. 이런 빡빡한 일상을 영위하는 이유는 나를 믿지 않기 때문이다. 이렇게 부단한 노력을 하며 준비하는 습관을 들여놓은 상태임에도 불구하고 변수 앞에서는 늘 위태롭다. 대출 상환에 올인하다 보니 이런 식으로 지출을 관리하지 않으면 아예 손을 놓게 된다는 것을 알았다. 통장 쪼개기의 핵심은 나의 불필요한 소비가 절대 미루거나 피할 수 없는 일상적 지출들을 침범하지 않도록 통제하는 것이다. 돈이 없을수록 더 꼼꼼하게 관리해야 하고 그 상황이 유지될 수 있도록 노력해야 한다. 심지어 건강마저도 말이다. 아파보면 안다. 병원비가, 특히 대학병원에 가야 하는 상황이 발생한다면 그보다 더 큰 변수는 없다. 평소에 건강관리도 하고, 운동도 챙겨서 하는 것이 더 큰 지출을 막는 작은 투자다.

이 소파는
60만 원이 아니라 3천만 원짜리

2018.7.

그 흔한 인테리어도, 리모델링도 안 한 구축 중의 구축 아파트. 우린 그런 집을 선택했다. 25년은 족히 된 그 낡은 아파트를, 그것도 1층에 살겠다고 한 것은 우리의 예산에 맞는 선택이었다.

그저 집을 사겠다는 일념으로 대출을 받고 집에 들어갔다. 휑하기 이를 데가 없었다. 다들 우리더러 미니멀리스트냐고 물었다. 그도 그럴 것이 10평짜리 투룸 빌라에 있던 살림은 옷장 3개, 서랍장 2개, 침대, 책장 2개, 책상 1개, 의자 5개, 식탁 1개, 전자레인지와 냉장고, 세탁기까지였다. 그 흔한 에어프라이어도 없었다. 10평 살림이 30평대 아파트에 들어갔으니 공간이 빈다. 이사한 집에서라고 달라지지 않았다. 베란다에 냉장고와 세탁기를 넣었고 그렇기 때문에 주방도 다른 집보다 휑했다.

　　이사하면서 우리의 미션은 전자제품을 사는 것이었다. 건조기를 사고 싶었고, 에어컨은 필수였다. 거기에 부모님이 이사 선물로 김치냉장고를 사주겠다고 하셨다. 하지만 우린 집 안에 너무 많은 물건을 놓고 싶지 않아 건조기와 김치냉장고는 베란다에 놓았다. 김치냉장고를 베란다에 둘 수 있게 2쪽짜리 작은 사이즈를 선택했다. 김치냉장고, 냉장고, 세탁기, 건조기가 좁은 베란다에 빼곡히 들어찼다. 신혼살림으로 흔히 산다는 4도어 냉장고도 우리 집엔 없다. 결혼하기 전에도 본가에서 4인 가족이 500리터짜리 냉장고로 살았다. 그 정도면 충분히 살 수 있다고 생각했다.

　　이사 직후 우리 집 거실엔 에어컨만 덩그러니 있었다. 어른들이 집을 구경하러 오실 때 앉을 곳이 없었다. 소파를 사야 했다. 소파를 사러 여기저기 돌아다녔고 소파 가격은 예쁘고 멋있을수록 천정부지로 올라갔다. 소재나 디자인이 과하지 않아 적당하다고 생각했는데, 가격은 400만 원으로 몹시 과했다. 그마저도 단종 모델이라 파격 세일을 해서 그 가격이었다. 우리는 현실로 돌아와야 했다. 우리의 현실은 그나마 정규직인 1인의 급여 실수령액 중 무려 50%를 대출 상환으로 넣는 것이었다. 그런 상황에서 소파 하나를 사기 위해 400만 원을 써야 한다? 당연히 하지 말아야 하는 선택이다. 한 달에 160만 원 가까이를 대출 원리금 상환으로 써야 하는 사람들의 선택은 결코 400만 원이어서는 안 된다.

그러다가 새로운 세계를 알았다. 유명 가구 브랜드 들은 매장용 모델과 온라인용 모델을 병행해서 판매한다 는 것이다. 매장은 매장으로 인해 소모되는 비용이 포함 될 것이고, 온라인용 모델은 매장에서 판매하는 모델에 서 한두 가지 요소들을 빼고 만들어 저렴하게 판매하는 것이다. 우린 여러 매장을 돌아보고 앉아보며 직접 높이 와 크기를 수없이 비교한 뒤 가장 비슷하게 생긴 모델을 골라 주문했다. 까사미아 매장에서 본 140만 원짜리 소 파와 거의 흡사한 디자인의 소파를 60만 원 정도에 구매 했다. 이런 게 득템이지 하며 뿌듯해했다.

엄청난 크기의 덩치를 자랑하는 소파가 집에 도착했 고 거실에 자리 잡았다. 그때 처음으로 느꼈다. 공간이 가 구로 인해 줄어들 수 있다는 사실을. 미니멀리스트냐는 소리를 들을 만큼 넓었던 거실이 1/3로 줄어든 것만 같았다. 물론 실제 사이즈는 그렇지는 않았지만 나의 체감은 그랬다. 복잡미묘한 감정이 들었다. 실제 소파가 차지하는 공간은 대강 1평쯤 될 것이다. 난 60만 원짜리 소파 하나로 1평의 공간을 날린 것이다. 1평이 3천만 원이라면 나는 저 소파가 차지하는 공간의 비용이 3천만 원이라는 점도 감안했어야 했다. 그렇다면 우리가 산 소파가 과연 땅의 가치에 맞는 물건이었을까?

물론 아니다. 소파를 산 지 5년 차인 지금 나는 저 소파를 보면서 생각한다. 포기하지 말걸. 어차피 사야 하는 거였다면, 그리고 그 공간의 가치가 3천만 원짜리라면 그 가격에 맞는 후회 없는 물건을 살걸. 목까지 넓게 받쳐주는 디자인을 원했던 남편의 요구에 맞춰 고른 소파였다. 하지만 목 부분이 너무 튀어나와 머리를 기대면 오히려 고개가 수그려졌다. 몇 년을 썼으면 숨이 죽을 만도 하건만 가라앉을 생각을 안 한다. 나만 불편한 것이라면 그런가 보다 하겠는데 결정적으로 소파를 사자고 노래를 부른 남편이 소파에 앉아 있지 않는다. 주로 누워 있다. 그러니 오프라인 매장에서 본 사이즈보다 미세하게 짧은 그 사이즈는 키가 큰 남편에게는 불편함 그 자체였다.

여러 후회가 들었다. 안 살 것이라면 아예 안 샀어야

했고, 살 거였다면 후회 없이 사용할 디자인을 신중하게 선택했어야 했고, 비싸더라도 완전히 마음에 드는 디자인을 샀어야 했다. 물건은 한번 사면 밖으로 내보내기 쉽지 않다. 특히 소파 같은 제품은 더더욱 그렇다. 어설프게 싼값에 사면 결국 그 물건은 사용하지 않게 된다. 계속 사용할 물건엔 충분히 투자해야 하고, 신중하게 고민하고 결정을 내리기 전까지 최대한 사지 않아야 한다. 그래서 우린 60만 원으로 저렴하게 공부했다고 말하고 있다.

"다음에 소파를 살 때 비싸도 마음에 쏙 드는 것으로 살 거야."

집,
사두길 잘했어

2018.8.

2018년 8월. 첫 번째 원리금 상환이 이루어졌다. 150만 원이 넘는 엄청난 규모의 원리금이 처음 나갔을 때의 충격은 말로 다 설명할 수 없는 것이었다. 내 급여 실수령액의 절반이 넘는 금액이 통장에서 한번에 빠져나가는 위기의식과 긴장감이란. 360개월 할부의 첫 할부를 결제한 내가 할 수 있는 유일한 일은 대출 원리금 상환의 장점을 찾는 것이었다.

유주택자가 집과 관련해서 받을 수 있는 유일한 소득공제 혜택은 '장기주택저당차입금 이자상환액' 항목뿐이었다. 원금을 갚는 것은 소득공제 항목에 적용되지 않는다. 전세대출은 원금 상환도 소득공제 항목이지만 그런 호사는 전세까지다. 이제 월세도 전세도 아닌 유주택 자가 되었기 때문에 주택청약도 더 이상 연말정산 소득 공제 항목이 아니기에 이 항목의 규모가 얼마냐에 따라서 연말정산에서 환급받을 수 있느냐 없느냐가 결정된 다. 150만 원 중 거의 절반 정도는 이자였다. 매월 70만 원만 잡아도 12개월이 쌓이면 800만 원은 족히 되는 액 수가 소득공제 대상 금액이다. 원금까지 적용되면 좋겠 지만 이자가 워낙 크니까 저 정도면 충분히 의미가 있다.

이 또한 집의 크기가 적당하기 때문에 가능한 일이 다. 공시지가가 5억 원을 넘거나 국민 평형인 85㎡를 넘 는 사이즈는 소득공제 항목으로 인정되지 않는다. 그러 니까 비싼 집을 샀으면 굳이 집 사는 용도로 대출받는다 하더라도 '그 정도 살 수 있는 부자면 공제는 안 해준다. 네가 알아서 해라!' 하는 느낌이었다.

집은 우리에게 큰돈을 쓰게 만들었지만, 좋은 기운 도 함께 불어넣어 주었다. 집에 입주한 그날 우린 로또를 한 장 샀다. 그리고 그 주 토요일 로또는 5천 원에 당첨되 었다. 그 로또는 바꾸지 않고 잘 보관해 두었다. 그건 우 리의 부적이었다. 2018년 여름 입주했고, 나는 2019년 2 월 아이를 가졌다. 그것만으로도 부적의 역할은 다했다.

집에 방은 3개였고, 하나는 침실, 하나는 옷방, 하나는 재택근무를 하는 남편의 작업실이었지만 아이를 위한 공간으로 천천히 바꿔야 했다. 침대와 협탁밖에 없던 호텔 같던 침실로 옷장을 다 옮겼고, 여기저기서 물려받은 물건들은 아이 방에 차곡차곡 쌓였다.

그리고 그와 동시에 집값도 올라가기 시작했다. 우리도 말도 안 되는 가격이라고 하면서 샀던 집값이 또 오르는 것이었다. 아이가 태어나고 6개월이 되었을 무렵, 이미 이 단지의 전세가는 우리 집의 매매가를 호가하기 시작했다. 휴직으로 인해 수입까지 급감한 상황에 만약 아직 집을 매수하지 않은 상태에서 그 상황을 지켜보고 있었다면 평온할 수 있었을까? 원래의 일정대로라면 2019년 2월은 우리 신혼집 전세가 만료되는 시점이다. 이사할 집을 알아보고 집을 구해야 하는 상황에서 부동산 가격이 천정부지로 올랐다면 과연 마음이 편했을까? 그런 상태에서 아이가 과연 내 품에 올 수 있었을까? 나는 아파트 매수를 통해 마음의 평화를 얻었다.

우리는 아파트를 구할 당시에 역세권의 20평대 아파트와 그곳에서 10분 거리인 30평대 지금 집 사이에서 고민했었다. 금액은 심지어 20평대가 더 비쌌다. '역세권에 20평인데 화장실 2개', '30평에 화장실 2개인데 역에서 10분 거리' 사이에서 고민하다 넓은 평수를 선택한 우리였다. 크기가 작은데 더 비싼 이유에 대해 생각해 봤어야 한다는 말을 입에 달고 살았다. 1년 사이에 고작 5천만 원 차이였던 두 집의 격차는 현재 (호가 기준) 2억 원 이상 벌어진 상태다. 더 놀라운 건 평수는 작아도 화장실은 2개였다는 것. 알아봤어야 했다. 20평이라고 해서 더 이상 방 2개, 화장실 하나가 아니라는 사실을 난 몰랐다. 우리가 보던 그 20평대 아파트는 방 3개에 화장실 2개, 광폭 베란다의 구성이었다. 그저 전체 평수가 다를 뿐. 화장실 2개와 남편을 위한 재택근무 공간이라는 니즈도 충족시키는 역세권 아파트를 포기한 것을 두고두고 후회했다.

그래도 어느 정도 평정이 유지된 건 그때 그 선택이 우리의 최선이라는 것을 알기 때문이었다. 집은 클수록 좋았고 어차피 우린 그때 그 돈이 없었다. 설령 있었다고 해도 휴직 기간에 갚아야 할 돈이 분명 늘어났을 텐데 그 또한 우리가 감당할 수 있는 영역이 아니었다. 우리는 널뛰는 부동산 정책과 천정부지로 오른 집값 사이에서 그렇게 평정을 찾았다. 지금 아는 것을 그때도 알았다면 하지 않았을 선택들이 참 많았지만, 지금도 현금 한 푼 없는 빡빡한 생활을 이어가고 있지만 주거 안정이 주는 평온은 그 무엇과도 바꿀 수 없는 것이었다. 그게 지금 아이를 품에 안고 있을 수 있는 근원이라고 생각한다.

더 중요한 것은 돈을 보는 관점이 달라졌다는 사실이다. 우리는 의도하지 않았지만 대출을 일으켜 실물 경제에 뛰어들었고, 코로나로 인해 급격해진 인플레이션을 방어할 수 있는 수단을 마련했다. 처음으로 독립을 고민할 때처럼 임대아파트에 매달렸다면, 설령 임대아파트에 들어갈 수 있었다 해도 임대 기간이 끝나고 마주한 현실에 망연자실했을 것이다. 청약을 고민하지 않았던 것은 아니다. 하지만 아무리 계산하고 또 계산해도 청약 가점은 30점을 넘기 힘들었다. 랜덤 추첨 방식의 청약이 많았다면 모르겠지만 가점만으로 당락이 갈리는 지금의 청약 제도에서 우리는 절대적으로 불리했다. 50~60점대 청약 가점 보유자가 얼마나 많은지 확인하고 청약 역시 미련 없이 버렸다. 그렇게 선택한 아파트 매수는 우리에게 신의 한 수였다. 절박했고, 그랬기 때문에 움직였고, 결과를 얻었다.

360개월 할부. 생각해 보니 그 또한 별게 아니다. 우리가 정말 이 집에서 360개월을 살까? 기사를 보다 보니 주택담보대출 보유자 중 5년 이상 대출을 유지하는 사람의 비율이 50%도 안 되었다. 그 말은 평생 이 집에서 살 것 같지만 막상 살다 보면 어떤 이유에서건 이사 갈 일이 생기고, 그러면 원하든 원하지 않든 대출을 갚아야만 하는 상황이 생긴다는 뜻이다. 그러니 360개월을 다 어떻게 갚느냐 하는 걱정은 잠시 접어두는 것이 옳다. 한 달 원리금 상환액을 최소화하고 언젠가 집값이 올랐을 때 시세 차액을 확실히 가져갈 아파트를 고르고 원금은 다시 갚고 잊어버리는 시스템이 오늘날의 주택시장이다. 물론 주택담보대출 관련 규제들이 시시각각 변하면서 변수가 많아지고 있지만 말이다. 오만 가지 부동산 기사를 접할 때마다 생각한다. 집, 사길 잘했다.

공부만이
살길입니다

2018.8.

집을 사고 우연히 친구들과의 카카오톡 단체방에서 알게 된 사실은 나만 빼고 다 집이 있었다는 것이었다.

"나 집 계약했어."

"어. 난 청약 해놓은 거 이제 입주 점검 들어가."

"응? 너 청약했었어? 원래 아파트 싫어하잖아."

"응. 싫어하지. 사는 건 지금 집에서 살 거야. 그 집은 전세로 줘야지."

"○○이도 이사 가잖아. 청약 당첨돼서."

'나는 그동안 뭘 하고 있었지?'라는 생각이 들었다. 결혼한 친구들은 모두 같은 고민을 하고 있었다. 이미 집이 있거나 더 나은 집을 원하거나 혹은 집을 사고 싶거나.

혼자 사는 사람도 집 매수에 대해 고민을 할 법하지만 고민만 할 뿐 지르기 쉽지 않은 건 역시 집이란 큰돈이 들어가는 의사결정이고 한 달에 한 번씩 돌아오는 대출금 상환을 오로지 혼자서 감당하는 것 또한 쉬운 일이 아니기 때문이다. 결혼하기 전 친했던 한 친구는 혼자 살면서 이미 빌라를 매수했다고 했다. 문화예술계에 일하면서 집을 산다는 의사결정을 한다는 것이 쉽지 않았을 텐데 친구는 이미 30대 초반에 빌라를 매수한 것이다. 결혼하고 택배를 잃어버리는 등 여러 피곤한 일들을 겪고 나서 아파트로 이사해야겠다는 결심을 했다고 한다. 그때 그 집이 3억 원이었던가? 입이 떡 벌어졌다. 아무리 빌라를 팔아 일부를 낸다지만 3억 원짜리 집을 사다니. 친구는 그 집으로 이사해서 아이를 낳고 그 아이가 6살이 되던 해 '줍줍(아파트 청약 미계약분 추첨)'에 성공하여 다시 신축으로 이사했다. 그사이 아파트 가격은 꽤 올랐고, 친구는 구축 아파트를 팔고 남은 대출과 6억 원의 분양가를 무난하게 해결하고 차를 바꾸는 것으로 대출과의 안녕을 고했다. 친구가 이사한 집은 멋진 조경에 필로티가 있는 아파트 1층이었다. 필로티 아파트의 단점은 아래쪽 공간이 비어 있어서 겨울에 추울 수도 있다는 것인데 그 집은 집 아래쪽에 난방과 관련한 큰 배관들이 지나가는 구조라 했다. 그러니 추위로부터도 자유롭다.

집을 사고 가장 달라진 점을 꼽으라면 돈에 대한 관심이 커진 것이었다. 2017년부터 2022년까지 나온 주택 정책에 대해 말해보라고 하면 밤을 새워도 모자랄 정도다. 하루가 다르게 올라가는 집값으로 부동산 기사는 모든 신문에서 가장 중요한 기사 중 하나가 되었다. 신문 기자들도 집은 필요할 테니. 어설프게 인터넷 카페나 들락거리며 구경하던 나는 본격적으로 책을 사 모으기 시작했다.

난 이미 집을 샀지만 그래도 어떤 집이 좋은 집인지, 어떤 집이 더 가치 있다고 판단하는 집인지를 미리 알아두는 것은 필요해 보였다. 언젠가 이사한다면 그때는 지금과는 다른 선택을 할지도 모른다는 생각이 든 것도 이때부터이다. 집안 살림을 늘리기 싫어서 책은 이북으로 읽었지만 재테크 책은 아끼지 않고 실물 책으로 사기 시작했다. 너덧 개의 재테크 카페를 가입해 두고 궁금한 동네가 있으면 왜 좋다고 하는지 찾아보기도 했다.

카페를 드나들며 끊임없이 새로운 정보들을 습득했다. 워낙 많은 사람이 오가는 곳이라 매일매일 그 전날 반

응이 뜨거웠던 글들을 모아 따로 게시판에 올려두는 곳도 있었다. 그 게시판과 Q&A 게시판은 지금도 매일 방문한다. 돈을 쫓고 싶다면 부자들의 생각을 따라가야 한다는 글을 보고 3000억 원짜리 딜에 성공했다는 어느 사업가의 투자 포트폴리오를 검색하기도 하고, 사람들이 많이 본다는 책들도 사서 읽었다.

카페에 접속할 때 제일 힘든 건 단순히 정보량이 많다거나, 그들이 말하는 부동산 용어들이 어려워서가 아니었다. 2017년 대출 규제를 시작으로 다양한 정책이 쏟아져 나왔고, 의도했든 아니든 집값 상승으로 이어졌다. 집값이 무섭게 오르고 있다는 사실이 나에게는 주택 구매로 이어지는 동력으로 작용했지만, 모두가 나와 같은 생각을 하는 것은 아니었다. 사실 카페에는 시세의 급등으로 큰 부자가 된 사람들이 많았다. 양도소득세나 취득세 중과 같은 세금이 징벌적 세금이나 다름이 없다는 주장도 끊임없이 올라왔다. 제도가 옳고 그름을 떠나 원색적인 표현이 난무하는 글과 댓글들을 보며 이런 것들은 내가 감당할 수 있는 것이 아닌데, 난 왜 이걸 보고 있어야만 하는가 하는 의문이 들었다. 질문 게시판 위주로 보기 시작한 것도 이 때문이었다. 그 게시판에는 아주 특이

한 이슈에 대한 질문이 올라오거나, 나처럼 입문자들의 질문이 올라왔다. 나에게 유의미한 정보는 그곳에서 충분히 찾을 수 있었다.

그다음으로 눈을 돌린 것은 유튜브다. 아이를 키우면서 차분하게 책을 읽을 수 있는 시간은 출퇴근 시간뿐인데 흔들리는 버스에서 책을 읽는 일은 보통 어려운 일이 아니었다. 점심시간 짬짬이 책을 읽으려 했지만 나의 의지는 그렇게까지 굳건하지 못했다. 회사에서 구독하는 신문을 펼쳐서 경제면을 간간이 살펴보고 자연스럽게 유튜브로 이어갔다. 라디오처럼 소리만 듣는 것으로도 마음의 위안이 되었다. 듣다가 궁금한 내용들은 메모해 두고 온라인 사이트에서 찾아보는 생활을 몇 년째 반복하고 있다.

휴직 기간의 말도 안 되는 도전 중 하나는 '공인중개사' 자격시험 응시였다. 시험을 2번 치렀고 제대로 공부하지 않은 나는 당연히 떨어졌다. 공부하면서 카페나 유튜브, 책에서 보고 들은 것들이 법을 알아야 해결된다는 사실을 깨달은 것도 공인중개사 공부를 하면서부터였다. 거래자 사이에 분쟁이 생기면 민법에 따라 상황을 해결해야 하고, 공법을 통해 이 나라가 어떤 단계와 절차를 거쳐 도시를 형성하고 만들어가는지를 배울 수 있었다. 공시법을 공부하면서 '용적률'과 '용도지역'의 의미는 이 법을 기준으로 한다는 것도 알게 되었다. '저거 위반 건축물 같은데, 중개 사무실로 허가가 났다고?'라는 생각도 하게 됐고, '내가 아파트로 이사할 때 만난 부장님은 아마도 부동산 중개사 자격증은 없지만 중개 보조인이겠구나'라는 생각도 하게 되었다. 시험에 합격하면 그다음 목표는 세무사나 법무사 시험을 볼 생각이다. 내가 부동산 중개사나 세무사로 먹고살게 될 거라 생각하지는 않지만, 그 두 가지를 아는 것이 내 인생에 분명 도움이 되리라는 것은 확실하다.

금리가 내려갔다, 대출을 갈아탔다

2020.4.

2014년 12월에 월세로 독립해, 2017년 2월 전세로 갈아타고, 2017년 4월에 결혼하고, 2018년 7월 자가 아파트에 입성했다. 4년 만에 맞이한 격변이었다. 남들은 10년에 걸쳐 있을 변화를 단 4년 만에 맞이했다.

"이 달 안에 계약하고 상반기 안에 이사 갈 거야."

이 말은 남편에게만 한 말이 아니었다. 혹시나 비상 사태가 발생하면 계약금이든 중도금이든 현금 조달이 바로 가능한 건 부모님 찬스였을 터라 양가에 똑같이 이야기했다. 내가 예상하지 못한 수많은 시행착오가 있으리라 생각했고, 또 내가 계획한 일정대로 자금이 흘러가지 않을 수 있겠다고 생각했다. 전세자금과 모든 걸 탈탈 털면 우리 돈으로 가능한 예산이었지만 혹시라도 구멍이 생기면 잠시 빌릴 곳은 부모님뿐이었다.

실거주의 중요성을 인정하는 친정 식구들과 시어머니는 잘했다고 하셨지만, 보수적인 시아버지의 생각은 달랐다. 큰 빚을 어찌 해결하려 하냐 하실 게 뻔했다. 그래서 계약서에 도장을 찍고 나서야 겨우 말씀드릴 수 있었다. 결혼한 지 1년 남짓 된 며느리의 배포는 3억 원짜리였던 것이다.

불안해하실 것은 알았다. 나도, 남편도 여전히 높지 않은 수입의 문화예술계 종사자였으니까. 그나마 내가 정기적인 수입이 확보되어 있어 내린 결정이었다. 철없다는 소리를 들을 생각은 없었다. A4 용지 한 장에 나의 자금계획을 써서 내밀었다. 예상하는 대출 이자, 내가 한 달에 갚아야 하는 돈들, 우리가 현재 들고 있는 자금 상황들이 일목요연하게 담겨 있었다. 하지만 그런 것들이 눈에 들어올 리 없는 시아버지는 집값이 내려가면 어쩌려고 그러냐 하셨다.

"걱정하지 마세요. 제가 안 떨어지게 할게요."

시아버지는 어처구니없어 하셨다. "네가 무슨 재주로?"라고 묻고 싶으셨을 것이다. 하지만 너무 뻔뻔하게

구는 며느리에게 더 이상 보탤 말은 없으셨다. 우리 부부의 자금 배분은 명확했다. 공동으로 사용하는 일상적인 소비와 제습기, 이불, 커튼 같은 아이템들은 내가, 식비나 외식 등에 해당하는 부분은 남편이 지출했다. 대출 역시 나의 몫이었다.

배짱 좋게 말했지만 사실 무서웠다. 아이라도 생기면, 그래서 내가 휴직하면 답이 없는 상황이었지만 나는 멈출 수 없었다. 집값이 진짜로 집의 가치가 올라서 오르는 게 아니라는 것이 내 결론이었기 때문이다. 그리고 그 우려했던 사태는 생각보다 빨리 다가왔다. 아이가 생겼다. 2019년 2월 나는 임신 사실을 알았고, 우리는 2019년 11월 아이를 품에 안았다. 아이가 태어나기 직전까지 출근했고, 후임자도 확정되어 있지 않아서 아이를 낳고 한 달 후에 나와 인수인계를 했다.

우리나라에서 아이를 낳은 직장인에게는 두 가지의 휴가가 주어진다. 출산휴가와 육아휴직. 둘 다 수당이 나오고, 출산휴가는 3개월, 육아휴직은 12개월의 수당을 받을 수 있다. 하지만 둘 사이엔 엄청난 차이가 있었다.

임신 기간 내내 엑셀에 표를 만들고 내가 줄일 수 있는 지출과 줄일 수 없는 지출을 구분해서 기록했다. 예상하는 수당들을 적고 나니 한숨밖에 안 나왔다. 출산휴가 3개월 동안에는 그래도 임금이 100% 보존되는데, 육아휴직은 달랐다. 육아휴직 첫 3개월은 최대 150만 원, 이후 기간은 최대 120만 원의 수당이 부여되는데 이 또한 다 지급하는 것도 아니다. 75%는 휴직 기간에 주고 25%는 복직하고 6개월이 지나야 받을 수 있다. 일종의 인질인 셈이다. 회사가 너를 위해 휴직이라는 엄청난 배려를 해주었으니 반드시 복직을 해라. 복직하지 않으면 25%는 날아간다. 그러니 나는 육아휴직에 들어가면 한 달에 120만 원 남짓 3개월을 받고, 남은 기간은 90만 원 정도의 수입이 확보된다는 뜻이다. 회사에서 버는 돈은 월급이 다가 아니었다. 통신비, 식대 같은 자잘하지만 자잘하지 않은 수당과 함께 상여금이 나온다. 설과 명절, 생일에는 상품권도 10만 원 나온다. 실제 임금은 반도 안 되고, 이런저런 것들을 다 감안하면 연간 확보할 수 있는 현금은 예년의 절반 수준이 된다.

하지만 나의 지출은 변화가 없다. 관리비, 공과금도 내야 하고 각종 보험과 연금도 여전히 내야 한다. 휴직을 이유로 멈출 수 있는 것은 생각보다 많지 않았다. 여기에 가장 큰 비중을 차지하는 것은 대출이었다. 미련하게 대출 원금을 빨리 갚을 생각으로 나는 대출 상환 방식을 '원금 균등'으로 선택했기에 일어난 사단이다. 물론 그래봐야 금액 차이는 미미하지만 월 소득이 절반 이하로 줄어드는 상황에서는 10만 원, 5만 원도 굉장히 크리티컬한 문제로 다가온다.

휴직 기간은 그래도 원금 상환을 미룰 수 있고, 이자만 내도 된다는 것은 들은 바 있다. 그러면 일단 월급을 제대로 다 받는 기간에는 원금이랑 이자를 내고 나머지 기간에는 육아휴직으로 인한 원금 상환 유예 신청을 해야겠다고 생각했다. 하지만 이 또한 무경험자의 오류였다. 지금 생각하니 무조건 원금 상환을 멈춰놨어야 했다. 확보할 수 있는 현금을 최대치로 만들었어야 했다. 1년 동안 무슨 일이 있을지 모르니 우리는 최대한 버틸 수 있는 자금을 만들었어야 했다. 바보같이 현금의 소중함을 내가 너무 몰랐다.

심지어 우리가 예상하지 못한 변수, 코로나가 있었다. 전 세계를 뒤흔든 이 질병이 우리 집을 피해 갈 리 없었다. 최악의 상황이었다. 나는 휴직 기간이라 수입이 없었고, 나의 수당은 대출 상환에 올인 중이었다. 예술계 종사자인 남편은 1년간 개점휴업 상태. 수입은 있다고 할 수 있는 수준의 것이 아니었다.

　이 와중에 금리가 내려갔다. 2018년 내가 대출한 상품은 금리 3.3%짜리 1억 2천만 원과 2.55%짜리 2억 원. 이렇게 2가지 구성이었다. 하지만 금리는 떨어졌고 대충 계산해도 2.3% 언저리까지 내려갈 수 있었다. 그동안 상환한 원금도 있고 이래저래 계산하니 한 달에 150만 원 넘게 내던 걸 130만 원대로 줄일 수 있다. 일단 다 떠나서 2% 초반대 금리가 가능한데 평균 2.8%대의 금리를 쥐고 있는 것만으로도 화가 났다. 30년에 걸쳐 이자를 갚아나가야 하다 보니 금리의 영향이 크다. 집값은 인플레이션의 산물이다. 지금의 10만 원은 10년 후의 10만 원보다 훨씬 가치가 크다. 그런데 어리석게도 우리는 더 큰 가치를 지닌 돈을 대출 상환에 사용하고 있었던 것이다.

　금리를 낮추기 위해 과감하게 대출을 갈아타기로 했다. 그럴 수 있었던 이유 중 하나는 집값의 상승이었다. 예전에는 집이 5억 원이 넘지 않아서 대출 한도가 최대 70%라 해도 받을 수 있는 돈이 대출 상품 2개를 합쳐야 3억 원이었다. 하지만 그사이 집값은 1억 원 이상이 올랐고, 이제는 6억 원만 넘지 않으면 보금자리론으로 최대 대출 가능 금액인 3억 원을 받을 수 있다. 집을 살 때는 모자라는 돈을 현금으로 막아야 하지만, 지금은 대출만 갈아타면 되니까 약간의 수수료를 내면 그만이다. 현금이 있어야 하는 상황이 아니다.

2020년 4월 마지막 주. 우리 집의 KB리브온 시세를 찾아봤다. 정확하게 6억 원이다. 우리는 3억 원이 조금 안 되는 빚이 남아 있었고, 시세가 6억 원이라는 말은 보금자리론의 최대 대출 가능 금액인 3억 원을 낮은 금리로 바꾸어 대출이 가능하다는 뜻이다. 동시에 단 1원이라도 시세가 오르면 우리는 상대적으로 저리인 국가보증 대출상품은 이용할 수 없다. 정신이 확 들었다. 시세는 계속 변하고 있었고 지체할 시간이 없었다. 필요한 서류를 갖춰서 주택금융공사에 등록했고 대환 대출을 신청했다. 주택금융공사에서는 "대출 심의 시점 기준으로 10원이라도 오르면 대출 승인이 안 될 수 있습니다"라고 안내했다. "예, 알고 있습니다. 승인 심사에 빨리만 올려주세요"라고 말했다. 첫 대출이 거의 2주 가까이 걸렸던 기억이 나서 마음이 조급했다.

2020년 5월 어느 날. 우리는 아기 200일 기념 여행을 가기로 했고, 주택금융공사에서 전화를 받았다. 기존에 신청했던 기록이 있어서인지 3일 만에 승인되었다. 아기의 200일 기념 여행에 건강한 아기만큼이나 감사한 선물을 받은 셈이다. 그리고 그다음 주 우리 집 시세는 6억 1500만 원으로 바뀌었다.

그 의사결정이 2일만 더 늦어졌다면 나는 억울하게 비싼 금리를 유지할 뻔했다. 물론 그조차도 공짜는 아니었다. 대출 상환 수수료가 200만 원이나 나왔고, 대출한 지 1년이 지나지 않았기 때문에 육아휴직으로 인한 원금 상환 유예 신청이 불가능했다.

이 와중에 아쉬움도 있다. 대출을 상환하는 방식은 크게 '체감식(원금균등)분할상환, 원리금균등분할상환, 체증식분할상환' 이렇게 3가지인데, 우리는 체감식분할상환을 선택했다.

체감식(원금균등)분할상환은 대출 원금을 대출 기간(30년이라면 360개월)으로 나누고, 이자는 줄어드는 형태이다. 말하자면 대출 원금을 갚는 금액만큼 이자를 줄여주는 방식이라고 할 수 있다. 원리금균등분할상환은 대출 기간까지 원금과 이자를 한꺼번에 계산해서 360개월로 나누어 갚아나가는 방식이다. 체증식은 월 납입금이 점점 늘어나는 구조로 상대적으로 월수입이 적은 사회 초년생들에게 유리한 구조이다.

체감식을 선택하면 초반 부담은 크지만 이자가 제일 적고, 체증식은 초반 부담은 적지만 점차 내야 하는 돈이 늘어난다. 우리는 원금을 360개월간 균등분할을 하는 '원금균등분할' 방식의 대출을 선택했다. 하지만 여전히 바보 같은 우리는 집을 살 땐 인플레이션 때문에 산다고 해놓고, 대출을 갚는 것에는 같은 로직을 적용하지 않는 우를 범했다. 심지어 이 집에서 다른 집으로 이사할 수 있다는 것은 옵션에도 없었다. 여전히 대출이 무서웠고 빨리 갚고 싶었다. 육아휴직으로 인한 원금 상환 유예 신청이 될 거라는 얄팍한 생각도 있었다. 그러나 새로운 대출을 개시하고 1년이 채 되지 않아서 원금 상환 유예 신청이 불가하다는 연락을 받았고, 남편의 사업용 비상금을 탈탈 털어 대출 원리금 상환을 해야 했다. 아직 그때 헐어버린 자금을 회복하지 못했다.

고지식하고 미련한 나는 전세자금대출 때와 마찬가지로 빚을 빨리 갚고 완전히 내 집을 만드는 방법을 선택했다. 아직도 나는 재테크와 거리가 먼 인간이라는 사실이 여실히 드러나는 순간이다. 심지어 요즘 육아휴직 중이고 당장 한 달에 100만 원이 넘는 돈을 갚아나가는 건 힘든 일인데도 난 이런 선택을 했다. 사실 살짝, 아니 많이 후회 중이다. 돈을 갚는 대신 그 돈을 종잣돈 삼아 또 다른 투자를 하는 것까지는 아니어도 당장의 부담이 줄어들고, 또 어차피 복직하고 일을 시작하면 다른 상황을 맞이할 수도 있는데 말이다.

숨 막히는 1년을 보내고 나는 복직했다. 1년은 괴로웠지만 그걸 견딘 대가는 제법 달콤했다. 처음 대출금을 상환할 때보다 복직한 지금 훨씬 숨통이 트이는 하루를 보낼 수 있게 되었다. 150만 원에서 130만 원대로 상환 금액이 줄어드는 건 꽤나 극적인 변화였다. 한 해가 지나 나의 월급은 깨알만큼이지만 올랐고, 대출금은 줄어들었다. 아이는 분유를 먹지 않아도 되는 나이가 되었고, 기저귀도 예전보다는 적게 사용한다. 나의 통장은 예전보다는 조금, 아주 조금 평온해졌다. 모든 것이 금리 덕분이다.

우리는
1층에 살아요

2020.5.

사실 1층에 산다는 것은 염두에 두지 않았다. 어려서 살던 5층짜리 엘리베이터도 없는 아파트에서도 5층에서만 살아봤고, 혼자 살던 원룸도 4층이었고, 신혼집도 6층이었고 남편의 본가도 6층이었다. 1층은 우리의 옵션에 전혀 없던 집이었다. 어둡고, 그늘진다는 1층은 절대 매수하지 말아야 할 집이라 생각했다. 하지만 난 현실과 타협했고 1층을 선택했다. 예산에도 딱 맞았고, 그 덕분에 고층보다 4천만 원은 싸게 살 수 있었다. 그로 인해 집값은 더디게 올랐지만 나에게는 이렇다 할 대안이 없었다.

흔히 꼽는 1층 집의 가장 큰 단점은 채광이다. 볕이

딱 베란다+50㎝까지 들어온다. 그것도 강렬하다기보다는 은은하다. 오히려 베란다 반대쪽, 주방으로 들어오는 아침 햇살이 눈이 부실 정도로 더 강렬하다. 베란다 바로 앞 화단 덕분에 작은 벌레들이 꾸준히 출몰했다. 엘리베이터를 타기 위해 오가는 사람들의 소리가 거실에서도 들렸고, 이곳은 집 앞이니 조용히 해달라고 써 붙여야 하나 고민도 했다.

하지만 1층의 장점은 아주 명확하다. 코로나로 인해 그 장점이 더 확실해졌다. 이사하고 1년이 채 되지 않아 아이가 생겼고, 코로나가 시작되기 직전에 아이를 낳았다. 어차피 안방에 들어가면 소음은 큰 문제가 되지 않았다. 사실 소음보다 더 무서운 건 코로나였다. 1층은 엘리베이터를 타지 않아도 되니 사람들과 밀폐된 공간에 있는 시간 자체가 줄어든다. 음식물 쓰레기를 버리러 가는 일이 고역인 이유 중 하나가 냄새나는 쓰레기를 들고 엘리베이터를 타야 하기 때문인데 1층에 살면 곧장 들고 나가서 버리고 오면 그뿐이다. 관리비에도 엘리베이터로 인한 비용은 빠져 있다. 1층이기 때문이다.

더 큰 장점은 아이가 자라면서 나타났다. 돌이 지나며 아이는 본격적으로 힘을 쓰는 장난감을 필요로 했다.

힘을 쓴다는 것은 어느 정도의 소음을 피할 수 없다는 뜻이다. 스프링카에서 뛰어도 아이의 힘 때문에 스프링카가 덜컹거렸다. 신나서 뛰는 아이를 말릴 재간은 없다. 10살 아이도 통제가 어려운데 돌도 안 된 아이를 누가 어떻게 말린단 말인가. 하지만 아이가 뛰기 시작하면서 우린 안도했다. 1층이길 잘했다. 가끔 아이가 있는 친구들이 집에 올 때면 다 똑같은 말을 한다.

"1층 부럽다."

여자아이도 이렇게 뛰는데 남자아이 있는 집은 오죽할까. 매트를 2개씩 깔아도 아래층에서 연락이 온다고 했다. 슬리퍼를 신고 다니라고 아무리 말해도 안 듣는단다. 비교적 얌전한 편인 우리 아이도 만약 1층이 아니었다면 층간소음으로 인해 엄청난 스트레스를 받았을 것이다. 우리는 아이가 걷는 것이 원활해진 다음부터 집에 매트도 깔지 않는다. 집에 놀러 온 어린 손님에게 내가 하는 말은 딱 하나다.

"뛰어도 돼. 괜찮아. 뭐라 하는 사람 없어."

물론 그런 우리도 층간소음에서 벗어날 수는 없다. 우린 아파트에 살고, 우리의 윗집은 언제나 요란하다. 나는 그저 누군가에게 피해주지 않는다는 사실을 다행스럽게 여길 뿐이다.

　1층의 단점으로 꼽히는 채광 문제도 꼭 문제만 있는 건 아니었다. 우리는 폭염이 창궐하는 7월에 입주했다. 너무 덥고 힘들어서 바닥을 대충 닦고 누웠는데 아직 에어컨을 설치하지 않은 집이었건만 인부들이 빠지고 난 우리 집은 그리 덥지 않았다. 집이 시원했다. 다른 집보다 볕이 덜 들어온다는 사실이 우리 집에서는 장점이 될 수도 있다는 생각이 들었다. 하얀색 암막 커튼을 달고, 한여름엔 그 암막 커튼을 대낮에도 젖히지 않는다. 그럼 낮에는 더운 날씨로부터 어느 정도 보호가 된다. 그나마 볕이 덜 들어와 가능한 일이었다.

　작은 벌레가 많이 보여 머리를 싸매다 급기야 어느 날 해충 제거 업체를 불렀다. 그분은 집을 한 바퀴 둘러보더니 "일단 섀시를 바꾸세요. 저게 커요. 그거만 바꾸셔도 벌레가 확 줄 거예요"라고 했다. 우리 집 베란다 바깥쪽 섀시는 알루미늄이었다. 옛날의 그 은색 섀시다. 방과 연결된 쪽의 섀시는 하얀색으로 새것이었는데 외벽과 이어진 곳은 은색이었다. 큰맘 먹고 바깥쪽 섀시를 전면 교체했다. 섀시를 바꾼 뒤로는 확실히 벌레가 없다. '적다'가 아니고 '없다'. 전엔 두어 달에 한 번은 큰 벌레로 깜짝깜

짝 놀라는 일이 있었다면 이제는 그럴 일이 사라졌다. 베란다 섀시를 바꾸면서 우리는 베란다 창을 가리던 각종 물건들을 치워버렸다. 블라인드도 뗐고, 전 주인이 유리창에 붙여둔 불투명 시트지도 뗐다. 집이 더 밝고 환해 보이는 기분이 들었다. 아이의 눈높이에서도 밖이 더 잘 보이니 아이가 울면 밖으로 시선을 돌리기도 좋았다. 아이와 창밖을 보며 나무와 새를 보여주고, 지나가는 강아지를 보며 인사를 한다. 아이에게는 좋은 자극이다.

장점은 또 있다. 어느 날 아빠가 오셔서 집 바닥을 보더니 아무래도 어딘가 미세하게 배관이 새는 것 같다고 하셨다. 장판이 까맣게 된 것이 심상치 않다고. 우린 덜컥 겁이 났다. 누수는 우리 집만의 문제가 아니다. 언제나 누군가에게 피해를 주고 그 피해는 우리가 보상해야 할 영역이다. 누수 업체를 검색하면서 제일 많이 등장하는 영역이 바로 보상 관련 이슈다. 하지만 우린 여유로웠다.

"피해 볼 집이 없어. 지하는 그냥 텅 빈 공간인걸."

누수 기사님이 우리 집을 살펴보셨고, 지하실까지 둘러보고 오셨다. 분배기에서 물이 새고 있다며 분배기를 교체하는 것으로 누수는 쉽게 정리되었다.

물론 해결되지 않는 단점도 있다. 신축 아파트의 경우는 사실 큰 문제가 안 될 텐데 우리 집은 주차장이 1층에 있는 구축이다. 다른 차들이 지나가면서 비추는 헤드라이트가 집안을 훤히 뚫고 지나간다. 사생활 침해 문제도 있다. 샤워하고 나올 때 커튼이 잘 닫혀 있는지 잘 살펴야 한다. 여러 가지 이유로 우리 집은 커튼을 닫고 산다.

어쩌면 우리는 일정 부분의 경제적 여유와 아이의 뜀박질을 맞바꾸었는지도 모른다. 4천만 원 싸게 산 우리 집은 현재 11층과 1억 원 가까운 시세 차이를 보인다. 우리의 로망은 필로티형 아파트 1층으로 이사하는 것이다. 아이는 아직도 한창 뛸 나이고, 코로나는 쉽게 사라지지 않을 것이며 사람들과 부딪히는 일은 여전히 예민한 일이다. 심지어 3층인데 필로티가 2층 높이인 아파트를 발견하고 '올레'를 외쳤다! 이 집이다! 저 집으로 이사하려면 어찌해야 하지? 새로운 고민이 시작되었다.

로또의 행운은
로또를 사는 자에게만 있다

2021.9.

집을 사야겠다는 결정을 하기 전, 수많은 글과 자료를 읽으면서 내린 나의 결론은 이랬다.

집값이 비싸지는 게 아니다.
인플레이션으로 화폐가치가 떨어지는 것이다.
그러니 더 큰 대가를 치르기 전에 집을 사야 한다.

오늘 내가 사는 집과 지하철 도보 1분 거리의 집과의 차이는 가치의 차이라고 볼 수 있지만 5년 전 집값과 오늘 집값의 차이는 인플레이션이라는 게 나의 생각이었다. 2003년 처음 온 가족이 이사할 때의 우리 집 집값은 1

억 원 남짓이었다. 2014년, 엄마가 이사 나올 때 그 집은 3억 원이 넘었고 내가 다시 남편과 그 아파트로 이사했을 때 엄마가 살던 그 집은 5억 1천만 원 시세의 매물로 나왔었다. 그리고 지금 그 집은(2022년 5월) 대략 10억 원의 시세를 기록하고 있다. 그 아파트의 1층인 우리 집은 KB시세 기준으로 9억 6천만 원이다. 무려 시세보다 비싸게 산 집은 드라마틱하게 더 비싸졌다.

같은 이유로, 나의 월급은 내가 계속 일하고 있다면 어떤 식으로든 오른다. 지금 1억 원은 매우 큰돈 같지만 당장 회사생활을 하는 7년 사이에 나의 페이는 꽤 많이 변했다. 물가가 오르면 임금도 따라 오른다. 그리고 그것이 인플레이션을 반영하지 못한다고 할지라도 집은 이미 인플레이션을 반영해 같이 올라가고 있다.

그사이에 변수는 많았다. 주택정책이 계속 바뀌었다. 특히 다주택자들을 자극하는 정책들이 쏟아졌다. 반기에 한 번씩 튀어나오는 정책으로 부동산 경기는 불타올랐다. 2017년 8월에 대출을 통제하기 시작한 이후, 2018년 여름 다시 한번 임대주택을 보유한 사람들을 규제하는 정책이 나왔다. 2018년 8월은 지방 사람들이 서울로 몰려와 집을 사들이기 시작했고, 무주택자들도 주택 구매에 나섰다. 공급은 한정적인데 수요가 늘어나면 가격이 오르게 마련이고, 집값은 가파르게 상승했다. 2018년 3월 기준으로 6~7억 원이던 마포의 아파트들은 이제 20억 원을 바라보고 있다. 염창동 역세권에 15년 된 아파트도 30평대는 15억 원을 넘긴 지 오래다. 2년 된 신축은 입주 이전에 이미 10억 원부터 시작했다. 이 놀라운 변화에도 우리는 평온했다. 이미 집을 샀으니까.

이 집을 팔고 다른 집으로 갈아타기 힘든 구조로 빠르게 변화하고 있지만, 최소한 오늘 우리는 그냥 살아간다. 누군가가 우리를 내보낼 일도 없고(빚만 잘 갚아나간다면) 집값이 오르면 좋겠지만 아니어도 삶에는 아무런 지장이 없다. '벼락거지'라는 말이 세상에 떠돌아도 평온했다. 가끔 한 번씩 마음의 평정을 찾고 싶을 때 아파트 시세를 검색한다.

요즘 같은 상황에는 어디 이사하는 것도 쉽지 않다. 예전 같으면 갭투자로 좋은 동네에 있는 집을 사고, 월세로 옮겨 전세 보증금을 빼 그 돈으로 또 다른 곳에 투자하는 부동산 투자의 정석 같은 루트가 모두 막혀버린 탓도 있다. 마치 자포자기의 상태랄까? 그냥 당분간은 이곳에서 안전하게 세 가족이 살아가면 그만인 상태가 됐다. 수

많은 부동산 정책의 등장으로 우리 아파트의 전세가 시세는 우리가 아파트를 산 가격보다 더 높게 책정되어 있다. 하마터면 매매는 고사하고 전세도 못 들어올 뻔했다. 우리 부부는 거기서 만족하기로 했다. 최소한 지금 당장은 말이다. 말도 안 되게 높아진 전셋값을 보면서 친구에게 집 안 샀으면 지금 잠도 안 왔을 거 같다고 했더니 친구가 말했다.

"뭐든 하나는 샀을 거야. 결혼했든 안 했든. 그러니 너의 어떤 선택지에도 '집이 없는 생활'은 없었을 거야."

어쩌면 더 나은 선택을 할 수 있지 않았을까 생각도 해보았다. 결혼을 기점으로 우리에게 얼마나 많은 옵션이 있었고, 그걸 모르고 지나갔기에 더 큰 자산 증식의 기회를 놓쳤다는 사실도 기억하고 있다. 그러다 우연히 강일동에 1주택자도 청약이 가능한 아파트가 나왔다는 사실을 알게 되었다. e편한세상 강일어반브릿지. 현 정책하에서는 국민 평형은 가점제로만 추첨이 가능하다. 점수가 낮은 신혼부부나 젊은 층은 당연히 불리하다. 그리고 1주택자는 국민 평형의 가점제 청약 자체가 아예 불가능하다. 그러나 전용면적이 국민 평형을 초과하면 일부 추첨제 방식으로 응모가 가능한 단지가 있을 수도 있다는 사실을 2021년에 알게 되었고, 강일어반브릿지는 그런 나에게 단비 같은 청약 소식이었다. 비록 서울의 끝, 서울시 경계에 위치한 아파트지만 서울에 몇 년간 없을 1주택자 추첨 물량이었고, 9호선과 5호선 더블역세권에 신축, 그리고 무엇보다 가격이 딱 10억 원이라는 게 너무 매력적이었다. 당시 아파트 시세와 조달할 수 있는 모든 자금을 긁어모으면 충분히 가능한 금액이었다. 현재는 15억 원 이상 아파트에 살려면 대출을 받을 수 없지만 5년 후 아파트 입주 시기에 시세가 15억 원만 넘지 않는다면 가능할 것 같았다. 결정적으로 그렇게 되면 대출에서 벗어날 수 있겠다는 생각이 들었다.

눈 돌아가게 많은 평형을 보고 어떤 평형이 우리에게 제일 유리한지, 어떤 평형은 절대 살 수 없을지 공부했고, 고심 끝에 청약 신청을 했다. 하지만 기대는 없었다. 유주택자의 당첨 확률을 실질적으로 계산한 사람의 블로그를 봤는데 거의 2000:1에 가까운 경쟁률이었다. 대외적으로는 평형별로 300:1 정도 수준이지만, 유주택자만의 경쟁은 다른 세계였다. 우리는 결국 예비 순번조차도 받지 못하고 떨어졌다.

어떤 경우에는 가점과 무관한 청약이 가능하다는 것

을 우연히 알게 되었다. SNS의 어느 현인이 알려준 정보였다. 그래서 도전했던 것이 방배 센트레빌프리제였다. 서초구 방배동. 이름으로는 센트레빌이었지만 실질적으로는 아파트가 아니라 도시형 생활주택이다. 청약이 가능한 제일 큰 평수가 85㎡ 국민 평형이었다. 인근 학군이 괜찮았고 위치는 약간 언덕이긴 하지만 방배동이니 참아볼 수 있었다. 우리가 청약을 넣어볼 수 있었던 것은 이 아파트의 분양 세대수가 23세대로 적어서 가점 같은 조건이 없는 완전한 추첨제였기 때문이다. SH나 다른 청약 사이트를 통한 청약이 아닌 자체 사이트에서의 신청이었고, 비록 16억 원이라는 말도 안 되는 금액이었지만 그냥 두기엔 아까웠다. 물론 떨어졌다. 81㎡의 경쟁률이 무려 400:1이었다.

만약 이 아파트가 당첨되었다면? 우린 월세로 직행이다. 집을 팔고 최소한의 월세 보증금만 남기고 중도금을 갚는다. 16억 원이니 대출도 안 되는데 그다음은 어쩌려고 그러냐 묻는다면 그건 그때 가서 생각할 일이다. 아무런 조건이 없었고, 전세를 받아서 잔금을 치르는 것도 가능한 아파트였다. 그럼 잔금은 전세를 약간 싸게 받으면 가능하겠다는 안일한 생각도 있었다. 당장 집이 안 팔릴 수 있다는 것도 생각했지만 가만히 있는 것보다는 뭐라도 해보는 게 낫다.

티끌 모아 티끌, 그런데 티끌은 모아보았니?

2021.10.

늘 부족하게 살았다고 생각했지만 사실 꼭 그렇지만은 않았다. 나는 본가에서 살 때 정말 돈을 펑펑 써댔다. 나의 지출 패턴에 문제가 있다는 것을 인지하지 못하고 썼다는 것이 문제였을 뿐. 남들이 잘 사지 않는 특이한 브랜드를 선호했고, 그러다 보면 가격 면에서 어쩔 수 없이 비싼 것을 골라야 하는, 선택의 여지가 없는 경우도 많았다. 1년에 순수입이 1500만 원 겨우 되던 시절에도 50만 원짜리 지갑, 40만 원짜리 가방을 척척 사던 무지성 소비의 선구자였다. 나의 1년 수입보다 더 많은 카드 지출이 홈택스에 떡하니 기록되어 있다. 그걸 깨달은 시점이 2014년쯤이었다.

현타. 그게 가장 적절한 표현이었다. 여태까지 일하며 가장 안정적인 급여를 보장하는 회사에 들어와서 처음으로 나의 지난 소득을 반추해 보았다. 홈택스에는 하나도 빠짐없이 기록되어 있었다. 어디를 가도 막내였을 때는 돈을 쓸 일이 별로 없었다. 나의 지출이 지불 능력에 비해 높아진 시점은 연차가 쌓이고 혼자서 일하기 시작할 때였다. 취향도 분명해지고, 아는 것도 어설프게 많아진 시점. 돈만 모르고 세상 모든 잡기에 눈과 귀가 트이기 시작한 시점. 나의 물욕과 낭비벽이 하늘을 찌르던 시절이었다.

그런 철없던 나에게도 일말의 양심은 있었으니 바로 '포인트'와 '마일리지'에 대한 집착이었다. OK캐시백을 종이에 붙여서 제출해야 인정되던 시절, 나는 5만 포인트까지 모아 현금으로 받은 적이 있었다. 봉투나 상자에 붙은 포인트 바코드를 잘라내는 나를 보며 그게 무슨 짓이냐고 묻는 사람도 있었지만 굴하지 않았다. 매일 눈에 띌 때마다 바코드를 잘라서 마트에 가져갔고 누가 뭐라고 하든 꿋꿋하게 모았다. 한 3년쯤 되었을까, 5만 포인트가 모였고 난 그걸 현금화했다. 말하자면 요즘의 핀테크였던 셈이다. 그 돈으로 무언가를 샀던 것으로 기억한다. 포인트를 모아서 현금으로 받아 사는 거라 했을 때 다들 놀랐다. 그걸로 돈을 받을 수 있는지도 몰랐고, 알았다고 해도 진짜로 받을 때까지 안 쓰고 버틸지도 몰랐다고. 내 인생 첫 신용카드는 연회비가 없는 삼성카드였는데 카드를 사용할 때마다 주는 포인트 역시 애매하게 쓰지 않고 5만 포인트까지 모았다가 현금으로 받았다.

그 재미를 알아버린 나는 2009년부터 모든 체크카드와 신용카드를 항공 마일리지 카드로 전환했다. 온라인 쇼핑을 할 때도 마일리지를 더 주는 사이트를 경유해서 쇼핑했고, 모든 소비는 마일리지 적립에 최적화시켰다. 2009년부터 모은 마일리지는 2018년 4월, 18만 마일리지까지 쌓였다. 가장 먼 거리를 퍼스트 클래스로 다녀올 수 있는 정도의 가치였다. 5만 마일쯤 쌓였을 때 일본 여행이라도 가고 싶었지만 동일본 대지진이 발생하면서 가지 못했다. 그렇게 사건과 사고가 쌓여 마일리지는 차곡차곡 18만을 향해 달려갔다. 그리고 그 마일리지에 약 20만 원을 더해 미국 LA로 가는 비즈니스 티켓 2장을 끊을 수 있었다.

작고 자잘한 가치를 크게 키우는 것은 '인내'라는 것을 배웠다. 벌이가 크지 않으니 소위 재테크도 소소하게 진행된다. 자잘한 수입의 중요성을 아는지라 한때는 학부 시절 썼던 리포트도 리포트 공유 사이트에 올려서 쏠쏠하게 용돈벌이를 했고, 아무도 찾지 않을지언정 네이버 블로그에 광고도 올렸다. 티스토리 같은 플랫폼에 구글 광고를 붙이면 광고비가 더 높다는 이야기는 들었지만 블로그를 열심히 하는 것은 생각만큼 쉬운 일이 아니었다. 특히 비주얼 시대, 자극적인 섬네일을 위해서는 사진도 열심히 찍어야 했는데, 이런저런 시행착오 끝에 내린 나의 결론은 '나는 광고를 위해 과한 에너지를 쓸 수 있을 정도로 성실하지 못하다'였다. 한때 모나미 50주년 한정판 볼펜을 포스팅 했을 때 1분에 1천 명씩 유입된 적이 있는데 그런 단발적인 성과로는 유의미한 수준의 광고 수익을 기대하기는 어려웠다. 한 10년 정도 잊은 듯 살고 있으니 10만 원 정도를 번 듯하다.

의외의 수익은 의류 대여 서비스에서 거둘 수 있었다. 옷장을 정리하는 차원에서 옷장 공유 플랫폼인 클로짓셰어에 10벌 정도의 옷을 보냈는데 그중 한 벌이 유독 대여가 많이 되었다. 심지어 임신 직후에 충동적으로 산 것이라 몇 번 입지도 못했고, 길이가 짧아 앞으로도 입을 일이 많지 않을 옷이었다. 흠집이 조금 있어 5만원에 저렴하게 구매한 도트 프린트 원피스였는데 그 옷이 20만 원에 가까운 대여 수입을 가져왔다. 그 옷은 지금도 대여 중이다.

한때는 핀테크도 열심이었지만 요즘은 그런 시간을 더 경제적으로 활용할 수 있는 방법을 고민하며 멈추게 되었다. 당장은 집 한 채 말고는 이렇다 할 재산이 없는 상태이기 때문에 절대적인 수입을 늘릴 방법을 고민했고 그 과정에서 알게 된 것 중 하나가 '좌담회' 참석이다. 나의 상황과 여건에 따라 불규칙하게 발생하는 것인데, 마케팅 조사 기관에 이름과 나이 등 개인정보를 등록해 두면 연락이 온다. 물론 내가 관련 구인 공고를 보고 연락하기도 한다. 나의 스펙이 그들이 원하는 스펙과 맞아떨어지면 특정일에 다 같이 모여 여러 가지 질문에 각자 의견을 대답하고 그 노고의 결과를 현금으로 받거나 혹은 입금을 받는 방식이다. 가전, 식품, 정책, 각종 서비스 등 카테고리도 다양하고 결혼이나 이사 같은 큰 이슈가 발생하는 시기에는 좌담회 참석이 더욱 용이하다. 적게는 4~5만 원, 많게는 10만 원대까지도 벌 수 있어서 아이가 태어나서도 열심히 해왔다. 이렇게 모은 부가 수입은 휴직 기간엔 생활비로 사용했고 그 외에는 저축 통장으로 직행한다.

여기에 새롭게 생긴 사이드 머니는 '지적 노동'으로 인한 것이다. 아이를 갖고 스트레스 해소용으로 카카오 브런치에 글을 썼는데 그 글을 모아 책을 내자는 제안을 받아 인생 첫 책을 내게 되었다. 뒤이어 우연한 기회에 사회 초년생을 위한 재테크 정보 플랫폼에 글을 쓴 적이 있다. 주식과 관련한 글을 썼고, 온라인에 노출된 그 글을 본 출판사로부터 연락을 받아 두 번째 책을 내게 되었다. 같은 플랫폼에 부동산 글도 올렸었는데 해당 플랫폼을 운영하던 회사가 사라지면서 글의 존재가 완전히 묻히게 되었다. 그게 아쉬워서 브런치에 글을 올리고 브런치북 프로젝트에 응모한 것이 당선되었으니 상금에 책 인세까지 원고 하나가 여러 가지 수입을 얻게 만들어준 셈이다.

최근에는 주위의 소개로 부동산과 관련된 재테크 콘텐츠를 온라인 플랫폼에 기고하고 있다. 금액의 많고 적음을 떠나 소위 말하는 '파이프라인'이 생겼다는 사실이 뿌듯하다. 생각을 정리하고 글을 다듬는 시간이 물론 필요하지만 1~2시간 정도를 투자하면 보통 A4 1페이지 정도 되는 글을 작성할 수 있다. 나의 글 쓰는 속도가 남들보다 훨씬 빠른 편이라는 사실도 최근에서야 깨달았다. 어찌 되었든 1시간에 10만 원가량을 벌 수 있다면 그게 뭐 어려운 일이겠는가.

2017년부터는 주식투자도 병행하고 있다. 비록 남들처럼 시드머니가 크지는 않지만 한동안은 크고 작은 여윳돈이 생기면 꾸준히 주식을 사들였다. 수익률로만 따지면 나쁘지 않지만 미국 주식의 비중이 크기 때문에 25%에 달하는 양도소득세를 감안하면 아직 만족할 만한 수준은 아니다. 주식투자로 자산이 늘어나고 있는 것은 맞다. 하지만 여기에 크게 의미를 둘 수 없는 이유는 그 자산을 현금화하여 사용할 계획이 현재는 전혀 없기 때문이다. 아마도 지금 살고 있는 집을 팔고 더 큰 집으로 이사하는 상황이 아니면 주식은 손대지 않고 계속 안고 갈 듯하다. 부동산도 주식도 장기투자가 나의 성향에 맞다고 생각하기 때문이다. 그래서 총액만 생각하면 플러스이지만 개별 종목들을 따지면 냉탕과 온탕을 오가는 상태다.

늘 '티끌 모아 티끌'이라고 입버릇처럼 말하곤 했다. 현대그룹 창업주인 정주영 회장이 자주 하던 말 중 하나가 "해 봤어?"였다지. 한 번이라도 '티끌을 뭉쳐 태산을 만들어보았나?'라고 스스로에게 물어보아야 한다. 나는 자신 있게 말할 수 있다. 만들어보았다. 최소한 한 번은. 견디고 기다리는 것. 그런 집요함이 그게 뭐든 '무엇'을 만들어 주기도 하니 말이다.

현금을 만들기 위해서 현금이 필요한 아이러니

2021.11.

"한강 변에 지하철 도보 10분 거리에 있는 아파트 중 우리 집이 제일 싸."

이건 지금도 그럴 것이다. 한강 변은 지하철과 멀기 마련이고, 지하철도 가까운 한강 변은 비싸다. 그나마 도보 10분이면 접근 가능한 역세권이고, 그런 집 중 우리 집보다 더 싼 집을 찾는 것은 여전히 어렵다. 우리 집의 물리적 조건은 불변이고, 그건 앞으로도 유효하다. 어차피 1층인 한강 변 뭐가 다를까 싶지만, 그래도 적당히 산책할 길이 가까이 있는 것은 삶의 질을 높이는 데 도움이 된다. 그런데도 더 나은 조건, 더 나은 입지에 대한 열망은 쉬이 가라앉지 않는다.

그런 열망이 신축 청약의 세계를 공부하게 만들었다. 10억 원대 아파트의 청약 신청을 하면서 제일 먼저 고민했던 것은 자금조달이었다. 10억 원이 넘는 신축 아파트의 청약은 중도금 대출이 불가능하다. 또한 현행법 기준으로 입주 시점에 15억 원이 넘어가면 주택담보대출을 통한 잔금 처리도 불가능하다. 청약 신청 시점 기준으로 인근 신축 아파트의 시세가 15억 원을 넘는 것은 아니었지만, 입주 시점은 최소 3년 이후일 것이고 그사이 15억원까지 안 갈 거라고 단정할 수는 없다. 제일 중요한 건 자금조달 계획이었다.

유튜브에는 청약 당첨이 될 경우 어떤 방식으로 자금조달이 가능한지에 대한 팁이 담긴 영상이 제법 있지만 대부분 10억 원 미만의 경우이고, 더러는 전세로 잔금과 중도금 대출을 정리할 수 없는 우리 같은 조건에는 해당하지 않았다. 청약에 당첨된다면 제일 먼저 계약금이 필요하고, 계약금 불입 이후 아주 빠르게 억 단위의 중도금 납입 기일이 다가온다. 중도금 대출도 안 되는데 말이다. 청약 경쟁률을 생각하면 어차피 쓸 일 없는 돈인 것은 맞지만 나는 언제나 누울 자리를 만들고 다리를 뻗는 사람이다. 최소한의 가능성은 계산하고 움직여야 했다.

청약에 도전했던 강일어반브리지의 계약금은 옵션을 감안하면 대략 2억 원 정도였다. 지금 시점에서 내가 사는 아파트 매매와 전세 시세를 알아봤다. 주식은 얼마나 늘어나 있는지, 청약통장엔 얼마가 있는지, 연금은 해지하면 얼마를 돌려받을 수 있는지, 복직하고 이제 겨우 10만 원씩 모으기 시작한 비상금은 얼마나 쌓여 있는지, 신용대출이나 카드론으로 급하게 인출할 수 있는 돈은 얼마나 되는지. 아기 돌 반지만 빼고 현금화할 수 있는 모든 돈을 다 계산해 보았다. 만약 강일어반브릿지 청약에 당첨이 된다면 우리는 당장 2억 원가량의 현금을 만들어야 하고 중도금으로 9천 6백만 원 정도를 6번 조달해야 한다. 중도금 6번 중 3번만 넣고 지연 이자를 내며 버틴다고 하더라도 잔금 이전까지 5억 원의 현금이 필요하다. 잔금과 밀린 3번의 중도금 5억 원가량은 주택담보대출을 통해 해결한다고 하더라도 아파트 시세가 15억 원을 넘겨버리면 그 또한 기약하기 어렵다. 집이 팔리면 한 번에 해결되지만 그게 언제 팔릴지는 아무도 모른다. 가지고 있는 자산들을 현금화한다고 하더라도 감당하는 데 한계가 있을 것 같다는 게 명확했다. 여기까지 계산하고 나니 심란하기가 이를 데가 없었다. 다시 말하지만 청약은 떨어졌지만, 이건 우리가 이후에 지금보다 조금이라도 더 나은 입지의 아파트 신축을 마련하게 된다면 똑같은 상황이 반복될 것이라는 의미다.

오히려 16억 원짜리 방배동 청약은 강일동 아파트보다 상황이 나았다. 일단 계약금으로 각종 주식, 청약, 신용대출 등을 동원한 후에 중도금은 지금 사는 집을 전세로 주고 난 후에 생긴 돈(심지어 전세로 주려면 현재 2.3%대의 초저금리인 주택담보대출을 전액 상환해야 한다)에 다시 현금을 탈탈 털어 버티고 잔금 3회 차는 새집에 전세 세입자를 들여 잔금을 치른다는 계산이 가능했다. 이런 케이스가 가능한 신축 아파트 청약을 서울에서 찾는 것은 정말 어려운 일이다.

방배동 도심형 생활주택 청약 역시 떨어지고 말았다. 내가 배운 것은 모든 아파트 청약이 반드시 청약 홈페이지를 통해서만 일어나지 않는다는 것이었다.

베란다가 없으면 집이 아니라고 생각하고 사는 우리 부부에게 도심형 생활주택은 실거주를 위한 집으론 어려운 선택이지만, 방배동 센트레빌과 같이 전매가 가능하고 실거주 의무 조건이 없는 청약이라 전세 세입자를 통해 잔금을 치르는 방식으로 집을 보유할 수 있다면 해볼

만 하다는 생각이 들었다. 심지어 그냥 아파트 공사장 건물에 '이메일로 청약 접수한다'며 분양공고가 나간 사례도 있다는 사실을 청약이 끝난 후에 알게 된 적도 있다. 서울 한복판에서 말이다. 아파트 규모는 고작 200세대였고 아마도 실제 신규 분양은 30세대가 채 되지 않았을 것이다. 이런 세계가 있다니. 이걸 놓쳤다니. 한숨이 절로 나왔다.

그러다 분양권을 사고파는 시장을 처음으로 알게 되었다. 남양주의 지하철역 앞, 이마트를 도보 이동할 수 있는 거리에 66세대, 99세대로 2단지로 쪼개어 분양하는 아파텔이 있다는 소식을 들었다. 저거다 싶었다. 현행법상 99세대 미만의 오피스텔은 청약 홈페이지를 통해서 청약받지 않아도 된다. 그 말은 제도권 밖의 청약일 가능성이 높다는 뜻이다. 대출도 가능하고, 전매도 가능하다. 그렇게 잠시 혼이 나갔던 것이 '초피' 투자였다.

막연하게나마 프리미엄(Premium), 소위 '피(P)'를 붙여 판다는 것이 있다는 사실을 알고는 있었지만 그게 어떤 식으로 작동하는 것인지 본격적으로 공부하기 시작했다. 오피스텔 분양권이 뜨거운 감자로 매일매일 신문에 오르내리던 시점이었던 것도 이런 결론에 영향을 미쳤다. 방배동처럼 마음에 쏙 드는 조건일수록 당첨자 발표 바로 다음 날 계약금을 입금해야 하는 경우가 대부분이었다. 우린 당장 1~2억의 계약금을 하루 만에 조달할 능력이 없었다. 어찌어찌 살짝 불려놓은 주식이 있다고는 하나 이 또한 통장에 현금화하는 데 최소 3일, 해외 주식이 대부분인 나의 계좌는 여유 있게 4일의 시간이 필요하다. 주택담보대출 말고는 인생에 대출이라는 것을 받아본 역사가 없다. 신용대출을 받는다고 하더라도 분명 대출의 과정에 시행착오는 반드시 존재할 것이고, 시행착오로 하루라도 늦어지면 계약을 못 하는 상황이 발생할 수 있다.

결국 우리는 새로운 도전을 하기 위해서 1억 원 이상의 현금을 가지고 있어야 한다는 결론을 내렸다. 이래서 사람들이 집에 돈 깔고 있는 거 아니라고 했구나. 투자는 캐시가 있어야 하는데 우린 그게 없구나. 시세가 10억 원이든 아니든 우린 현금이 없으니 그 돈이 내 돈이라고 할 수 없구나. 그럼 돈을 만들어야 하니 이런 분양권 투자로 딱 초피만 받고 현금을 쌓아보자고 마음을 먹은 것이다.

그런데 여기서 어처구니없는 문제가 발생한다. 초

피 투자를 하려고 해도 1억 원이 필요하다. 남양주의 아파텔도 계약서를 쓰고, 계약금을 입금한 후에 전매할 수 있었다. 물론 사전에 말을 맞춰 계약금까지 안고 가는 프리미엄 거래도 가능하다고 하는데, 그런 걸 해보기엔 우린 정보가 없었고 간이 작았다. 사기를 당할까 봐 무서웠다. 우리는 현금을 만들기 위해 초피 투자를 고민했던 것인데, 초피 투자를 위해서도 1억 원의 돈이 필요했던 것이다. 도돌이표다. 이게 무슨 어이없는 결론이란 말인가. 그래서 웃으며 접었다. 이 또한 내 몫이 아니구나 싶었다. '주식을 팔고 도전해 볼까?' 하는 생각을 잠시 했다가 접었다. 내가 전문 투자자도 아니고 적당한 선을 지켜야 하는 수준이라는 생각이 들었다.

지금 아는 것을
그때 알았다면

2022.4.

집을 사고, 실거주로 유의미한 집이 아닌 '투자' 관점에서 본다면 나의 선택은 어때야 했을까? 복기해 보았다. 우리가 그나마 큰돈을 만들 수 있었던 타이밍이 언제였을까 돌이켜 보니 결혼하는 시점이었다.

집에서 가까운, 출근하거나 지날 때마다 계속 탐나던 아파트단지, 당산래미안4차의 당시 시세를 살펴보았다. 2017년 3월 기준 43평의 매매 시세는 8억 5천만 원이었고, 같은 시기 전세 시세는 7억 4천만 원이었다. 그러니까 1억 1천만 원이 있었다면 우리는 그 집을 갭투자로 살수 있었다. 당시 우리가 함께 조달할 수 있었던 돈을 계산해 보면 대략 9천만 원가량이었다. 신용대출 2천만 원만 더했으면 당산역 사거리에 1391세대의 대단지에 43평 아파트를 가질 수 있었다.

　우리가 결혼하고 집을 사겠다며 마음먹고 본격적으로 움직인 시점이 2018년 3월이었는데 그 시점의 43평 전세가는 7억 5천만 원, 매매가는 2018년 1월 기준으로 10억 원, 2018년 5월에 11억 9천만 원 언저리였다. 2018년 3월 시세를 알 수 없는 것은 거래가 없어서다. 이 시점에 우리가 가진 돈은 1억 2500만 원 정도였다. 늦었지만 그때라도 시도했다면 뭐가 되도 되었을 텐데.

　굳이 지금 30평 아파트에 사는 사람이 43평 아파트 시세와 당시 우리의 주머니 사정을 비교하는 이유는 43평이나 33평이나 그다지 차이가 없었기 때문이다. 국민 평형수인 33평으로 가면 더 슬퍼진다. 2017년 3월 아파트 매매 시세는 7억 6천만 원이고 전세 시세는 6억 7천만 원이었다. 2018년 3월의 매매 실거래가는 10억 원 정도였고 전세 실거래가는 6억 8천만 원이었고 매매 실거래 최고가는 10억 4천만 원이다. 2018년은 이미 상승세를 탄 이후 시점이라 43평과 33평의 차이가 크지만, 2017년 시점에는 갭투자를 한다고 해도 투자 금액의 차이가 그리 크지 않았다.

그럼 여의도 사무실에 도보 이동도 가능할 것 같은 공덕동의 공덕삼성아파트의 시세를 찾아보았다. 여기도 상황은 비슷하다. 아니 좀 더 속이 쓰리다. 2017년 3월 기준 43평의 전세가는 5억 8천만 원, 매매가 7억 5천만 원이다. 34평의 전세가는 5억 8천만 원, 매매 6억 4천만 원이다. 43평은 1억 7천만 원에, 34평은 6천만 원에 아파트를 살 수 있었다. 그럼 지금 두 아파트는 얼마일까? 2022년 4월 기준, 당산의 43평 아파트는 18억 원 후반이고 34평은 17~18억 원이다. 공덕의 34평 아파트의 시세는 16억 원, 43평형 아파트는 19억 원이다. 갭투자 시세를 확인하는 순간 내 두 눈을 찌르고 싶었다. 대체 얼마의 가치를 날린 것인가. 나는 1억 3천만 원을 들여서 4억 7천만 원짜리 아파트를 샀는데, 6천만 원으로 16억 원짜리 아파트를 살 수도 있었다고 생각하니 목덜미가 뻣뻣해진다.

하지만 갭투자라는 선택을 했다면 아이가 뛰어노는 지금과 같은 평화는 아마 없었을 것이다. 실거주로 사는 집의 월세나 전세가 올라갈 때마다 저 집에 들어갈 수도 없는데 이게 무슨 짓인가 생각하며 번민에 시달렸을 게 뻔하다. 전세 세입자를 내보낼 능력이 없으니 말이다. 우리가 만약 전세 보증금 6억 원을 주택담보대출로 해결하고 내주었다고 치자. 그럼 나는 휴직 기간에 숨도 못 쉬었을 것이다. 6억 원의 주택담보대출이라면 아마 원리금이 한 달에 300만 원이 넘었을 것이고, 육아휴직에 코로나까지 겹쳐 허덕였던 지난 1년을 떠올린다면 우리는 우리의 주머니 사정에 맞는 최선의 선택을 했다고 자신한다. 하지만 투자라는 관점으로 부동산 매수의 과정을 복기한다면 눈물이 앞을 가리는 것은 어쩔 수 없다. 실거주 가치를 포기했다면 우린 시세차익으로 4억 원이 아닌 10억 원을 벌 수도 있었을 것이다. 물론 어차피 팔지 못하면 손에 넣지 못할 돈이고 실거주 2년이 없으면 비과세 적용도 못 받을 것이 뻔하니 세금도 왕창 떼였을 것이다. 그런데도 10억 원은 너무나도 매력적인 금액이다. 나는 적당한 사이즈의 빌라에서 월세를 살고, 내 집은 저 멀리서 열심히 돈을 버는 구도. 아름답지 아니한가. 당장 들어가는 돈이 없다는 이유로 전세를 선호하는데 그게 항상 정답은 아니라는 생각이 드는 건 이 때문이다.

심지어 이때 만약 재개발 물건을 공부하고 샀다면 어땠을까? 물론 1억 원으로 살 수 있는 재개발 물건이 얼마나 될까마는 우리는 어쩌면 그때 산 재개발 물건이나 분양권으로 지금 신축 아파트에 살고 있게 되었을지도 모른다. 내 주위에는 이런 이야기를 해주는 사람이 아무도 없었다. 1억 원이라는 거대한 돈을 어떻게 쓰는 것이 자산을 극대화할 수 있는 방법인지 알려주는 이도 없었고, 자산의 극대화와 정서적 안정 사이에서 선택하는 일이 얼마나 어려운 일인지 알 방법도 없었다. 유튜브로 뭘 찾아볼 생각도 못했고, 공부를 어떻게 해야 하는지도 몰랐다. 만약 누군가가 나에게 이런 상황들을 조금만 빨리 알려주었다면 난 그때 어떤 선택을 했을까?

직업 특성상 기자들과 이야기하는 일이 많은데, 친한 기자 중 '재테크 멘토'가 있다. 그 기자 선배 중에는 아파트로 재테크에 성공한 기자가 있어서, 결혼을 앞둔 후배들이 찾아가곤 한다고 했다. 그런 이야기를 듣다 든 생각은 기자가 정보가 많아서 재테크를 잘한다기보다는 좋은 정보나 팁을 줄 수 있는 사람이 가까이 있으니 시작점이 달라질 수 있겠다는 것이었다.

"입사하고 경제 잡지 회사에 다니니까 재테크와 관련해서 선배들이 조언하거든요. 특히 많이 들었던 이야기는 월세를 빨리 청산하고 전세로 넘어가라, 대출받아서 전세 보증금을 내고 시드머니를 만들어 집을 사라. 그 조언을 듣고 실제로 실행에 옮긴 건 제 동기들 중 저밖에 없어요."

나의 재테크 멘토는 지방에서 서울로 유학을 왔고, 월세살이에서 시작해 전세로, 다시 자가 매수(심지어 신축)로 이동하다 급기야 방배동 입주권을 매수했다. 그는 나에게 재테크는 돈이 있는 사람만 하는 게 아니라는 이야기를 해준 기자와 동일 인물이다. 최근 나는 부끄러움을 감수하고 집이나 부동산에 대한 의문이 들면 나의 재테크 멘토에게 연락했다. 나의 재정 상황이나 우리 부부의 고민을 털어놓고 조언을 들었다. 그와 돈에 대한 이야기를 나누고 나면 새로운 자극이 된다. 나보다 나이가 2살이 어리지만 그가 이룬 경제적 성과는 지금의 나와 차원이 다르다. 물론 서로 급여 차이는 있을 것이다. 그러나 여기서 더 중요한 건 그는 쉬지 않고 여기저기 이사하며 실행에 실행을 거듭했고 나는 그 시행착오를 이제 겨우 시작했을 뿐이라는 점이다.

집이라는 기본적인 삶의 기반을 갖출 기회를 만들 수 있다는 것이 얼마나 어려운 일인지 알기에 그럴수록 더욱 적극적으로 공부하고 찾아다니라고 권유하고 있지만 각자의 사정이 복잡하다는 것 또한 알기에 선뜻 권하는 것도 쉽지 않다. 추정컨대 2억 원에 가까운 자금을 손에 쥐고 결혼하는 커플에게, 가능하다면 갭투자라는 옵션도 있다는 이야기를 해준 적이 있다. 서울이 아니어도 광명이나 안양 등 선택할 수 있는 옵션들도 분명히 있다며 샘플도 전해준 것으로 기억한다. 하지만 그들은 청약을 선택했다. 그리고 청약을 선택한 그들이 나보다 더 청약에 대한 정보 탐색이 느리다는 것을 확인한 후에는 더 이상 열심히 정보를 공유하지 않는다. 그건 정보의 문제가 아니라 실행과 성향의 문제임을 알기 때문이다. 난 나의 시행착오를 지인들이 반복하지 않기를 기원하지만 그 또한 공염불이 되는 거라면 불필요한 에너지 소모는 사양이다.

현실에 맞는 적당한 욕망,
다시 월세를 고민한다

결혼을 앞둔 지인이 집을 방문했다. 다들 생각이 많았고, 상황은 복잡해 보였다. 대한민국은 '위대한 정규직의 나라'라서 프리랜서나 자영업자들이 원금과 이자를 함께 갚아나가야 하는 대출을 일으켜 5년 만에 2배가 되어버린 아파트값을 치를 엄두를 내는 것이 얼마나 어려운 일인지 잘 안다. 나 또한 정규직으로 근무하는 삶을 살았기에 낼 수 있는 엄두였고, 또 그러한 이유로 쉽게 그만두거나 이직할 엄두가 나지 않는 것도 사실이다. 이 지인 커플은 집에 대해 의지도 보이고 열심히 찾아다니는 것 같았는데 느낌이 묘했다. 그리고 지인의 입에서 "초품아(초등학교 품은 아파트), 대단지, 역세권"이 나왔다.

"딱 2개만 봐요. 돈과 역세권. 말한 그 조건 다 가져가면 20억 원 있어야 해요. 내가 이 집을 어떻게 산 줄 알아요? 뭘 몰라서 샀어."

다들 내가 많이 공부하고 엄청나게 고민해서 이 집을 골랐다고 생각한다. 물론 많이 고민한 것은 사실이지만 거침없이 도장을 찍을 수 있었던 것은 갭투자나 재개발 같은 투자의 세계를 몰라서였을 수도 있다. 심플하게 생각하고 실행했다. 우리가 감당할 수 있는 집. 난 우리의 선택이 요즘 말하는 '영끌'인 줄 알았다. 아니었다. 우린 (코로나19 이전 소득 기준) 전체 가구 소득의 2/5 수준의 금액을 딱 주택담보대출 하나만 일으켜 시작한 적당한 결정을 했다. 육아휴직과 코로나까지 겹친 상황에서도 버틸 수 있을 정도, 딱 그만큼의 대출만 감당했기 때문에 그 흔한 부부싸움 한번 없이 이만큼 버틴 것이다.

문화예술은 언제나 하위 5% 수입을 기록하는 업종이다. 프리랜서이자 자영업자인 남편의 상황도 크게 다르지 않다. 초봉부터 부부 합산 소득이 1억 원을 넘기는 일은 우리 인생에 없다. 우리는 적은 소득에 익숙하고, 그래서 최대한 몸을 줄이는 것에 길들여져 있다. 집을 살 때 가장 무서웠던 것은 집값이 떨어지는 것이 아니라 매달 돌아오는 원리금 상환을 하지 못하게 되는 상황이 발생하는 것이었다.

휴직 기간에 대출을 갈아타는 바보 같은 짓을 했지만, 어느 누구도 힘들다는 말은 하지 않았다. 한걸음도 공동의 합의 없이 진행한 것은 없기 때문이다. 아무리 작은 순간이라 하더라도 우리는 늘 서로 이야기하고 상의해 결정한다. 우리가 스스로 논의해서 내린 결정도 우리의 몫이고 그 결과가 힘들었으니 '너 때문이야'라고 말하지 않는 어른이기 때문이다.

그러다 오늘 우연히 신한은행에서 발간한 '2022 보통 사람 금융 보고서'를 읽었다. 여기에 나와 있는 나이, 가족 구성, 소득 등 여러 가지 요소를 기준으로 보통 사람의 자산 상황의 평균을 확인할 수 있었다. 전국 기준으로 볼 때 우리는 소득 수준에 비해 비싼 집에 살고 있다. 2017년에 결혼해서 결혼 5년 차에 이룬 성과라고 하기엔 너무 아름다운 것이었다. 월세 보증금 500만 원에서 시작해 결혼으로 살이 한 번 붙고, 다시 집을 사면서 또 살이 붙었다. 살과 함께 빚도 붙었지만 빚은 살면서 열심히 갚고 있다. 서울에서의 삶을 기준으로 한다면 충분히 달라질 수치이지만, 우리는 전국 평균 이상이라는 사실만으로도 놀랍다. 저 리포트를 보면서 실제로 나의 소득 대비 비싼 집을 갖고 있다는 것이 검증되었다. 그럼 다음 단계는 이 집이 스스로 돈을 벌 수 있도록 움직이는 것이다.

지금 사는 집을 사게 해준 부동산에 방문해 1층임을 감안한 호가를 제시하고 왔다. 그 짧은 대화를 하는 사이에도 끝없이 전화가 오갔고, 사람들은 집을 구하기 위해 부동산을 방문했다. 자가 집이 있음에도 아이들의 어린이집 때문에 기존에 매수한 집은 전세를 주고, 이 동네에 월세나 반전세로 들어오고 싶다는 손님도 있었다. 손님을 보낸 후 부장님은 나에게 왜 집을 파냐고 물어보았다.

"집은 왜 파시게? 이사 가려고요?"

"예."

"어디로? 왜요?"

"지금 이 아파트 실소유자 카톡방이 있는데 리모델링 이야기가 나오고 있어요. 근데 전 그 카톡을 보고 있으니 여길 정리하고 상급지로 가야겠다는 생각이 들더라고요. 아직 젊으니까 한번 도전해 보려고요."

"젊으니 그런 도전도 할 수 있고 좋다. 그 아파트 중앙난방에서 개별난방으로 바꾸는 데도 1년 이상 걸렸어. 고작 보일러 설치비 100만 원 때문에. 리모델링 진행은 쉽지 않을 거야."

이미 15년 전부터 그 동네에 터를 잡고 활동하는 부장님의 말에 고개를 끄덕였다. 실거주 외에 다른 입장으로 이 단지를 고민한다면 충분히 귀담아들어야 할 말이다. 리모델링이든 재건축이든 중요한 건 사람들의 의지가 얼마나 빠르게 하나를 향해 가는지의 문제라고 생각한다. 오래 거주한 사람이 많은 단지인 만큼 가장 큰 재산인 '집'을 흔드는 행위에 입장은 첨예하게 갈리기 마련이다. 난 그 모습을 지켜보면서 지금이 이동할 용기를 낼 바로 그때라고 생각했다. 거래도 없고 분위기는 침체되어 있지만 그래도 내놓기로 했다. 나의 성향상 매도 계약서에 도장 찍고 계약금은 받아야 시작할 엄두가 날 것 같다. 매수할 집을 미리 계약했다가 전셋집을 뺄 때와는 차원이 다른 난리를 감당할 자신이 없다.

"엄마. 나 다음에 이사를 해야 한다면, 평지로 가고 싶어."

"우리 딸, 꿈이 크네."

그랬다. 서울 시내에 평지는 많지 않았다. 아파트 단지를 기준으로 하면 잠실, 삼성, 반포, 대치, 마곡, 목동, 마포, 광장동 등 평지는 하나같이 비싸다. 서울엔 언덕이 정말 많고, 지금 사는 동네가 언덕이라면 산비탈이라 부르는 게 적절한 동네가 태반이었다. 그나마 최소한의 가능성이 있는 지역은 하나같이 산비탈에 있는 아파트였다. 감당할 수 있는 수준인지 아닌지를 직접 확인하고 목표하는 동네를 정했다. 네이버 부동산에 관심 매물을 여기저기 찍어두고 있다. 그렇게 한번은 과감하게 갭투자의 세계로 나의 자산을 이동시키기로 마음먹었다. 목표하는 지역과 금액도 정했다. 자금조달 계획과 이후 실제 집행 과정까지 최대한 상세하게 시뮬레이션하고 있다. 첫 집 매수와의 차이가 있다면 이번엔 실거주가 아닌 갭투자로 상급지 이동을 고민하고 있다는 것이다. 그러려면 월세로의 이동은 불가피하다. 당연히 이 모든 상황은 수시로 남편과 공유하고 있고 남편까지 동의할 때만 움직인다. 관망할 수 있는 건 그래도 실거주 집 한 채는 갖고 있기 때문이다.

월세에서 시작해 전세, 자가로 갔다가 다시 월세를 결정하는 것은 쉬운 일이 아니다. 심지어 이제는 아이의 생활까지 흔들어야 한다. 가족들의 불편함을 감수하고 월세를 갈 생각까지 하게 된 것은 기회가 생겼을 때, 화폐 가치가 더 떨어지기 전에 무언가를 해보고 싶다는 생각을 하는 것이다. 소득은 적고, 상황은 여의치 않지만 좌시하지 않고 꾸준히 새로운 길을 모색한다. 그렇게 우리는 무언가를 이뤄나가고 있고 다시 월세를 꿈꾼다.

내돈 내산 내집

초판 1쇄 인쇄 2022년 6월 10일
초판 1쇄 발행 2022년 6월 23일

지은이 김옥진
펴낸이 유정연

이사 김귀분
책임편집 이가람 **기획편집** 신성식 조현주 심설아 유리슬아 서옥수 **디자인** 안수진 기경란
마케팅 이승헌 반지영 박중혁 김예은 **제작** 임정호 **경영지원** 박소영

펴낸곳 흐름출판(주) **출판등록** 제313-2003-199호(2003년 5월 28일)
주소 서울시 마포구 월드컵북로5길 48-9(서교동)
전화 (02)325-4944 **팩스** (02)325-4945 **이메일** book@hbooks.co.kr
홈페이지 http://www.hbooks.co.kr **블로그** blog.naver.com/nextwave7
출력·인쇄·제본 성광인쇄 **용지** 무림페이퍼 **후가공** (주)이지앤비(특허 제10-1081185호)

ISBN 978-89-6596-514-5 03810